AF395435

S.A.MULGERSSON

KAUNAKIRJALLISUUTTA

Kannen suunnittelu: S.A.MULGERSSON
Sisuksen taitto: S.A.MULGERSSON

Kustantaja: BoD – Books on Demand, Helsinki, Suomi
Valmistaja: BoD – Books on Demand, Norderstedt, Saksa

ISBN: 978-952-80-4281-5

INTRO

Tervetuloa! Näin päälle kolmekymmentä vuotta täytettyäni alkaa olla sellainen olo, että mulla voisi olla jotain kirjoitettavaa siitä kaikesta mitä elämässäni on tapahtunut. Mitä mä olen ajatellut siitä kaikesta ja että nyt mulla olisi tarpeeksi selkeä kuva, jotta voin siitä kertoa niin että siinä olisi joku tolkkukin.

Asioiden kulku elämässäni on ollut hyvin sekava ja sumuinen itselleni tähän asti monista syistä. Esimerkiksi loppumattomien vaikeiden käänteiden ja elämäntilanteiden muuttuminen hyvinkin äkkiä, niin olosuhteiden kuin omien sekoilujeni seurauksena, jotka ovat aiheuttaneet pitkiäkin sekavia mielentiloja ja stressiä elämääni. Nyt minusta kuitenkin tuntuu, että pystyn tämän tarinani jakamaan muiden kanssa. Edes pähkinänkuoressa.

Kun olet valmis, kuulet äänen "TRING" jossa on sellainen taian tunne ja on aika kääntää seuraavalle sivulle ja vetäistä tämä käyntiin!

Aloitetaan...

1

Saanen esittäytyä sinulle, mä olen Sami. Vaikka nykyään tuntuu siltä, että olen välillä Jami. Se ihminen, jonka nämä useat omituiset vuodet ovat luoneet tai muokanneet.

Mä oon mielestäni ihan ok jätkä, jolle on vaan muodostunut omanlaisensa polku, jossa on omat kokemukseni kuten kaikilla muillakin omansa ja ne tekevätkin jokaisen matkasta täällä uniikin ja ainutlaatuisen.

Aloitetaan aivan alusta. Maalla asuminen oli mahtavaa pikkupojalle. Kun muistelee mennyttä aikaa, muistan kerrostalon, josta ovat kehittyneet aivan ensimmäiset muistoni tässä maailmassa. Porukat rakensivat silloin tulevaa kotiamme mummon ja papan tontille aivan heidän torppansa viereen, jossa tulisin elämään ja asumaan tuonne kolmentoista ikään asti. Se oli jotenkin mahtava isohko punatiilitalo, jossa me kasvoimme yhdessä kolmen vanhemman sisaruksen kanssa aina siihen asti, kunnes jokainen lähti vuorollaan omilleen tai johonkin muualle myöhemmin opiskelemaan.

Milloin mentiin sisarusten kanssa vaan syvälle metsään, jonne kyllä eksyttiin muutaman kerran, mutta löydettiin aina illaksi kuitenkin takaisin kotiin. Mentiin polkupyörillä kesällä järvelle uimaan kuumina kesäpäivinä. Kaikenlaista touhua oli koko ajan ja leikittiin yhdessä. Jossain vaiheessa alettiin kuvaamaan videokameralla erilaisia juttuja. Mielikuvitus laukkasi koko porukalla. Meillä oli hyvät välit sisarusten kanssa, varsinkin kaksi vuotta vanhemman veljeni kanssa. Meitä on yhteensä neljä sisarusta. Hyvät välit tosiaan lukuun ottamatta muutamaa välikohtausta.

Siskoni oli aika temperamenttinen, taitaa olla vielä nykyäänkin. Kerran se ei tykännyt jostain meidän jutusta ja se läpsi mua takaraivoon niin että aivot vain hölskyivät, mutta me vain naurettiin lisää. Sehän siskoani vitutti. Kerran mulla meni hermot siskoon jonkun pihaleikin päätteeksi niin pahasti että sisko juoksi mua karkuun isäni ateljeeseen, jonka oven melkein potkin rikki. Se oli ensimmäisiä raivokohtauksia mulla.

Myöhemmin mukaan porukkaan tuli vielä serkkumme, jonka kanssa enimmäkseen veljeni ja minä touhuttiin omiamme. Meillä oli sika hauskaa tehdä kaikkea yhdessä.

Aikuisiällä, kun olen puhunut lapsuudestani, olen kuvaillut sitä juuri järveen uimaan menoiksi kesäpäivinä, mutta eräs tyyppi kysyikin kerran, että: "Onko sulla Sami ollut niin hyvä lapsuus, kuin mitä sä oikeasti muistat?" Jokin mua kyllä häiritsee lapsuudessani. Ehkä se, että ainakaan mulla ei oikeastaan ollut isää. Siis olihan se välillä kotona mutta täysin omissa oloissaan ateljeessaan ja nukkuikin takkahuoneen sohvalla. Jotenkin mä jäin isää vaille enkä saanut mitään miehen mallia itselleni, josta koitui vähän ongelmia myöhemmin, kun aloin ottamaan miehen mallia vanhemmista kavereista.

Muutaman kerran isäni halusi lähteä yhteiselle pyöräilymatkalle mutta aina se jätti mut johonkin tielle metsän keskelle. Ei ollut muuta tehtävissä kuin odottaa, että EHKÄ se tulee etsimään mua vielä, kun odotin Y:n muotoisessa risteyksessä tosi kauan. Mä olin vaan liian pieni ja eikä mulla ollut mitään kilpapyörää kuten isälläni niihin pitkiin matkoihin. Päätinkin että en enää lähde mukaan isä-poika-pyöräilylle kolmatta kertaa, jos se kysyy. Se vaan jättää mut johonkin keskelle metsätietä ja painelee itse menemään eteenpäin liian lujaa.

Ehkä äiti oli tottunut tekemään ihan kaiken lasten eteen, ettei isälle jäänyt tilaa yhtään, en tiedä.

Välillä öisin kuului todella kovaa riitelyn ääntä alakerrasta, enimmäkseen mutsin huutoa isälle. Kerran mä istuin keittiön pöydässä piirtämässä niin kuin aina, kun isäni tuli ateljeestaan keittiöön ja mutsi raivostui silmittömästi. En tiedä mistä oli kysymys mutta mutsi hakkasi keittiöveitsellä juuri laitetut keittiön pinnat paskaksi ja huusi. Isäni luikki takaisin ateljeeseensa suojaan ja sanoi vaan mennessään "Vitun hullu". Olin kerran kuulemma pikkupoikana sanonut mutsille, että ehkä mutsin ja faijan pitäisi erota, sillä olivathan muutaman koulukaverinkin vanhemmat eronneet. Mutsi muistaa sen niin selkeesti kun olin niin sanonut ja ehkä minä sen ajatuksen hänelle annoinkin. Sitten ne erosivatkin kun menin yläasteelle. Asuttiin lopulta kahdestaan mutsin kanssa ja kaikki oli todella raskasta, varsinkin pitkät talvet pimeällä maaseudulla. Oli tosi yksinäinen olo yhtäkkiä.

Mutta palataan vähän taaksepäin vielä, johonkin pappaani liittyviin muistoihin asti. Pappa oli tosi tärkeä mulle ja sen yllättävä kuolema jotenkin vaikutti muhun tosi hämärästi, se tuli NIIN nurkan takaa. Kun mä olin joskus ala-asteella jollain nelosella tai kolmosella mä koin pelottavia ja outoja aikoja sarjoina.

Heräilin keskellä yötä siihen, että ei pystynyt liikkumaan eli olin kuin halvaantunut, enkä pihahdustakaan ääntä saanut pihalle. Sitten veljeni ja minun jakamassamme huoneessa alkoi tapahtua. Meidän huoneessa olevasta ullakon ovesta tuli seiniin ja ilmaan pikkuhiljaa vähän leikitteleviltä tuntuvia kuvioita ja naamoja, pelottavia sellaisia, jotka vaihtoivat kasvojaan koko ajan. Ne tuli siihen sängylle asti. En voinut huutaa tai liikkua. Hikipisarat vaan valuivat pitkin naamaa. Täyttä kauhua. Tätä kesti kauan, vaikea arvioida aikaa. Olisikohan ollut unihalvauksia. Toisinaan heräsin aivan keskellä pimeintä yötä ja harhailin talossa. Yritin herättää äitiä ja sisaruksiani hereille mutta mikään ravistelu ei auttanut asiaa, lisäksi näissä oli tosi vahva läsnäolon tunne, että en ole yksin. Koulussa olin tosi väsynyt aina näiden öiden jälkeen ja alkoi todella kovat selkäkivut, vähän kuin munuaiskivut, ja lopuksi aloinkin virtsata verta. Siitä huolestuneena äiti käytti mua lekurissa moneen otteeseen mutta mitään syytä ei löydetty. Ne jaksot tuli ja meni niin kuin selkäkivutkin ja vertakin lakkasi tulemasta.

Olihan outoja öitä, joita vasta muistelee kunnolla paljon myöhemmin ja alkaa kelaamaan että "mitä vittua". Pappa oli jonkinmoinen skitsofreenikko, vissiin paranoidinen mutta yhden pienen pillerin avulla pysyi tolkuissaan. Sitten satuin myöhemmin sattumalta papasta puheenollen kuulemaan, että se oli nähnyt AVARUUSALUKSEN meidän pellolla, melkein meidän pihassa. Se oli yöllä mennyt ulkohuussiin ja oli nähnyt sen siinä pellolla. Jotkut otukset oli ottanut näytteitä pellosta. Pappa teki parhaansa, etteivät nuo otukset huomaisi häntä ja oli todellakin tuntenut suurta kauhua ja pelkoa. Sitten mitä muuta olen papasta kuullut, niin se kuulemma aina vainoili illalla/öisin että jotkut tunkeutuvat niiden torppaan ja oli siksi peloissaan iltaisin.

Kaikkea tällaista, kun aloin miettimään kokonaisuutena, niin oliko tällä kaikella jokin linkki. Mun hirveät sarjoittaiset yöt ja terveyshuolet, papan pelot ja vainot sekä ns. havaittu avaruusalus meidän pellolla... Hmm... Tiedän miten vitun hullulta tuo kuulostaa ja niin huomasivat kaveritkin, kun aloin puhumaan siitä kaikkien näiden vuosien jälkeen. Vastareaktiokseni sain naurun hymähdyksiä ja "skitsopuheeksi" kategorisoitua kuunnellun käsittelyä. Päätinkin sitten, että ehkä parempi etten puhu enää syvistä pääjutuistani ihan kaikille ja mun oli oikeasti lopetettava jostain vitun avaruusaluksista puhuminen. Mutta totuus on, että asia vaivasi/vaivaa minua edelleen paljon. Jos olisit kokenut tämän kaiken itse, ymmärtäisit varmasti paremmin minua etkä vain pyöräyttäisi silmiäsi ja huokaisi. Ja jotenkin minua on aina kiinnostanut paljon maan ulkopuolinen elämä tai muuten vaan "ufojutut" ja olen asioita tutkinutkin aikuisiällä todella paljon internetin avulla.

Mutta loppujen lopuksi eihän skitsofreenikkoa voi uskoa ja niinkuin äitini mulle sanoi kerran "Sä oot varmaan ollut niin sekaisin jo pienestä saakka".

-"Ooksä nähny Samia, miten sillä menee?"

-"Se on alkanu puhumaan avaruusaluksista, ei oikeen hyvältä näytä."
Pappa opetti minulle pienenä, miten ravistellaan kusemisen jälkeen ja miten kissanpentuja tapetaan ne kiveen mäiskäsemällä, eli kaikki perusjutut mitä alle kouluikäisen kuuluu osata. Ihan tervettä lapsen toimintaa. Joskus kun olen asiasta maininnut, niin yksi kaveri sanoi heti -"AHA! Ton takia sulla pää spragaa nykyään, miltä se tuntui silloin?" No ei yhtään miltään, kun olin niin pieni enkä mitenkään kyennyt käsittämään, että tämän ei pitäisi olla ihan normaalia pienen lapsen toimintaa, mutta hiljaa tein niin kuin pappa näytti ja ohjeisti. Lopuksi tuli lämmin olo, kun oli omaa perhettä sen pienimpänä jäsenenä auttanut siinä hommassa ja kävelee takaisin kotiin tyhjän korin kanssa, ja ties kuinka monta kertaa sama uudestaan, kun taisi olla niin helvetin vaikea homma sterkata kissat. Mutta näin me toimittiin maalla ja ehkä esimerkiksi tälläisen takia osaksi olen tuntenut olevani vähän erilainen kuin valtaosa kohtaamistani ihmisistä.
Ylipäätänsä todella usein elämässäni muistan jonkun näköisen erilaisuuden

tunteen ja että mikään paikka ei ollut oikea minulle, vaikka kuinka väkisin yritin opiskella niiden täysin vierailta tuntuvien ihmisten kanssa. Oloni on ollut koko ikäni kuin muukalaisella muiden seassa, ehkä mä olen joku tähteläinen. Sisarukset olivat lähteneet opiskelemaan muualle ja mä jäin yläasteen ajaksi mutsin kanssa kahdestaan.

Olisiko ollut kahdeksannella luokalla, kun hommat menivät tosi synkäksi mulla. Koulu ei enää oikein onnistunut ja jouduinkin käymään psykiatrisella tekemässä palikkatestit ynnä muut jotta nähtäisiin, onko jokin syy miksi arvosanat laskevat niin nopeasti. Se testien tekijä sanoi vain että tein oikeastaan ennätystulokset testeissä ja että ihan terve poika on. Ne ajat on vähän sekavia vieläkin mulla, olin vissiin aika masentunut yläasteella.

Jouduin käymään kymppiluokan äidinkielen takia yhdeksännen luokan jälkeen. Mä en tullut toimeen sen opettajan kanssa, en sitten pätkääkään. Yläaste oli aika synkkää paskaa. Taisin olla kasiluokalla silloin, kun mutsi ja "faija" eros mutta siihen perään kuoli pappa, ja sitten myöhemmin mummu myös kuoli, kun hänen lonkkansa murtui vanhainkodissa eikä hän siitä palautunut. Mutsi sai sitten aivoinfarktin mutta selvisi nipin napin hengissä.

Mä menin aika synkkään paikkaan päässäni, kun miettii vaikka, miten mä reagoin yhteen harvoista muhun kohdistuneista kiusausyrityksistä koko ala-asteen ja yläasteen aikana.

Mun luokkalainen haukkui mun pisamia muutaman päivän putkeen esimerkiksi sanoin "Tollasia paskaroiskeita naama täys" ja nauroi tosi muikeasti päälle sekä yritti saada muita mukaan nauramaan mun "enkelinsuukoille". Vitun mulkku. Eräs päivä mä nousinkin ylös ja ilmoitin hänelle mitä seuraavaksi tapahtuu mun pisama-asiassa. Sanoin hänelle täysin tyynellä ja päättäväisellä äänellä vain: "Mä lähden nyt kotiin bussilla, mä tiedän missä siellä on haulikko, mä katkaisen sen piipun ja tuon sen repun sisällä huomenna kouluun. Ja heti kun mä nään sut, mä tapan sut." Sitten kävelin pois koulun alueelta ja siis pakko korostaa, että mä olin oikeasti ihan tosissani. Sen taisi huomata se mun kiusaajayrittäjäkin, kun se tulikin minun perässä ja sovittiin koko asia yhtäkään sanaa käyttämättä. Eli se vaan

tarjosi mulle sovintoröökin ja poltettiin
ne ihan hiljaa yhdessä. Tuon takia mua
ei oikein kiusattu nuorempana. Mä tein
sille stopin heti ennen kuin kunnolla
edes alkoi.

Ne ajat on vieläkin melkein täysin
pimeätä mulla. En mä tainnut
mitenkään käsittämään, että mutsi kävi
rajan takana. Hän kuvailee sitä jonkin
näköiseksi ''valkoiseksi usvaksi''
mihin vain kadotaan ilman pelkoa.
Sellaisesta toipuminen edes osittain vie
niin monta vuotta, ja kaikki menee
aivan uusiksi. Sinnikkäästi pää täynnä
mustaa nousta joka päivä ylös ja hetken
päästä rojahtaa nopeasti sänkyyn
takaisin lepäämään. Ottamaan syvää
lepoa, jota vaurioituneet aivot kipeästi
tarvitsevat.

Noista ajoista mä en muista juuri
mitään. Mä taisin olla niin sekaisin
kaikesta siitä, enkä ymmärtänyt
alkuunkaan missä mennään kun kukaan
ei selittänyt minulle. Sieltä mutsi vain
nosti itsensä ylös pikkuhiljaa ja
kuntoutui ihmeen hyvin, mitä mä
kunnioitan tosi paljon. Mun äiti pystyi
siihen ja otti vastaan elämänsä haasteen.
Olen ylpeä...

2

Aloin pyörimään serkkuni kanssa tiiviisti ja meistä tulikin skinheadeja. Ajeltiin päämme kaljuiksi, jalassa leviksen 501:set ja pilottitakit päällä. Serkkuni oli yhteydessä itse Pekka Siitoimeen, jolta me saatiin propagandalappusia ja tilattiin kaikkea natsilentäjien sormuksista Suomen lippuihin ja kaikkia hakaristijuttuja. Puheluiden päätteeksi Pekka Siitoimen kanssa serkkuni huusi aina ''SIEG HEIL''. Muistan hyvin, että kukaan ei vittuillut meille, kun liikuttiin kylillä, johon veljeni sanoikin myöhemmin ''eihän kenellekään yleensä vittuillakaan''. Serkkuni ehdotti, että aina kun tavataan kylillä tervehtisimme oikea käsi ojossa huutaen "Sieg heil!'' Voitto ja kunnia!

Luin Tony Halmeen Tuomiopäiväkirjan ja nosteltiin vähän punttia punnerruspenkistä. Mein Kampfia mä en koskaan lukenut, joten en tiennyt täysin koko natsiaatteesta, mutta mulle oli tärkeämpää vaan olla osana jotain. Meissä oli jonkinlaista voimaa. Kuunneltiin suomipunkkia ja Johnny Rebeliä jne. Jollain tasolla toi aika on jäänyt sisälleni. Se voiman tunne, joka tulee psychobillystäkin, johon olin siirtymässä siinä viidentoista vanhana.

En olisi kuullut ikinä psychobillystä, ellei kaverini serkku olisi soittanut kappaletta Anal Wonderland Demented Are Go:lta, jolloin kaverini hurahti psychobillyyn, ja soitti minulle jossain vaiheessa Frantic Flintstonesia. Itseasiassa mun ensimmäinen psychobilly biisi oli Frantic Flintstonesin Necro Blues, jossa lauletaan kuolleen huoran panemisesta. Mä rakastuin välittömästi siihen musiikkiin. Se oli vapaata. Psychobillyssä voi laulaa mistä tahansa, siinä ei ollut mitään sääntöjä, se oli se koko pointti. Sex ´n´ drugs ´n´ Rock ´n´ roll! No itseasiassa toi keskimmäinen tuli paljon myöhemmin kuvioihin mun elämässä, ellei yhtä pilvikokeilua lasketa yläasteikäisenä. Ne jotka ei ole musiikkia kuullut sitä kuvataan yleensä rockabillyn ja punkin sekoitukseksi. Mitä raaempaa sitä parempaa. Siihen kuuluu myös musta huumori ja hulluus. Se koko elämäntyyli vei mut mukanaan varsinkin armeijan jälkeen.

Mä menin armeijaan Parolaan heti 18-vuotiaana kun opiskeluista ei tullut yhtään mitään, mua ei vain kiinnostanut koulunpenkit. Mä tykästyin nopeasti armeijan menoon. Kaikki oli aina selkeätä, mitä tehdään seuraavaksi, aina tuli toimintaohjeita edellisten ohjeiden ja käskyjen jatkoksi. Ei siinä ollut yleensä mitään epäselvää, vaan sitten mentiin ja tehtiin yhdessä yksikkönä. Aika robottimaista, orjatouhua, jos nykyään mun mielipidettä armeijasta kysytään, vaikka osa minusta vieläkin huutaa päästä takaisin taistelupanssarivaunun uumeniin olemaan osa helvetin hyvin keskenään toimivassa vaunujoukkueessa. Olla täysillä mukana touhussa, olla siinä hommassa paras mihin päätyikään valintojen ja koulutuksen jälkeen.

Mä olin Leopard 2a4 -lataaja, ja olinkin saapumiserän nopein lataaja. Pullukasta vässykästä tulikin 20 kg kevyempi, itsevarmempi sotahullu, joka löysi rauhan tunteen sielussaan aina kun vaunu nytkähti liikkeelle. Mä rakastin sitä. "Tämä palava vaunu on minun hautani" -mentaliteetilla. Mä rakastan sitä missä mä olen hyvä, vaikka se olisi vittu "sotaa". Mä olin vihdoin kokonainen sisältä. Armeijassa oli hyvä olla.

Oon käynyt kertauksissa joku ehkä neljä kertaa. Kerran osallistuttiin reserviläisinä mekanisoituun taisteluharjoitukseen Porin Niinisalon taistelukentillä. Harjoitus alkoi ja aika nopeasti joku everstiluutnantti keskeytti harjoituksen, koska meidän neljän vaunun Leopard-joukkue tuhosi kaiken mitä näki jo ensimmäisellä tasalla, jolla vihollinen kohdattiin. Se otti yhteyden meidän johtovaunuun eli kymppiin ja huusi "JUMALAUTA TE OOTTE KOVIA JÄTKIÄ! EHKÄ SUOMEN KOVIMPIA!". Meidän joukkueenjohtaja nosti nyrkin ylös ilmaan ilmaistakseen, että asia on ymmärretty, ja sitten jatkettiin. "This is SPARTA!" Ihan sika siistii!

Armeijan jälkeen muutin omilleni 26-neliöiseen yksiöön ja kouluttauduin varastonhoitajaksi, vaikka taisi olla armeijan jälkeistä masennusta jonkin verran päällä. Kun armeijan päätyttyä kaikki muuttui taas täysin ja tuli ihan uusia juttuja nuorelle miehelle. Oli siis aika olla osa tätä yhteiskuntaa, jonka viallisuuden ja vääryyden näin jo varmaankin ala-asteella. Jo silloin kapinoin järjettömiltä tuntuneita asioita vastaan. Mutta varastoala oli vähän armeijan kaltainen. Tiukat säännöt, joita noudatetaan ja kaikki on taas selkeää kuin vesi.

Meillä oli suuri porukka psykoja ja ylipäätänsä rokuja koossa vuosien 2004-2010 aikana. Aluksi oli yksi iso porukka ja me vallattiin aina joku kantabaareistamme. Jälleen kerran kukaan ei vittuillut meille ja meissä oli voimaa. Me oltiin rokuja! Sitten vuosien saatossa porukka jakautui pienempiin ryhmiin ja osa jopa riitaantui keskenään. Jotkut rauhoittuivat ja perustivat perheen, jotkut muuttivat muualle.

Mutta kyllä rokkariksi synnytään, niin kuin yksi kaverini joskus sanoi. Mulla oli kaupungin pisin psykotukka kauan. Extreme hiustyyli, repaleiset kloriitilla käsitellyt farkut ja nahkatakki, jossa bändien merkkejä ja leopardikangasta, maiharit tai bootsit. Mutta ei ne kledjut tee susta rokua vaan se asenne, kapinallisuus. Yhdessä musan kuuntelu jenkkiautoilla kruisaillessa ja dokaaminen kavereiden kanssa. Yleistä pahennusta aiheuttamassa. Ihan parasta aikaa!

3

Pian armeijan jälkeen tapasin ensimmäisen tyttöystäväni. Ensimmäisen parisuhteen aikana olin töissä rautavarastossa, jossa keräilin ja lastasin 12-metristä rautaa. Elin vielä suhteellisen normaalia nuoren miehen elämää. Join alkoholia paljon kavereiden kanssa viikonloppuisin, kun emäntä oli töissä ravintolassa viikonloput. Joskus ryyppyreissut venyivät sinne sunnuntai-iltaan asti, ja maanantaina taas töihin. Joskus oli niin kauhea kanuuna, että se alkoi helpottaa vasta keskiviikkona tai torstaina ja sitten perjantaina taas mentiin. Rankat työt, rankat huvit.

Niihin aikoihin mä ostin frendiltä pois ensimmäisen autoni, Pontiac Bonnevillen. Sellainen viisi ja puoli metriä pitkä laiva, jossa oli tosi hyvät musavehkeet, jolla kuunnella rokkia täysillä auto täynnä kavereita.

Kuitenkaan aina ryyppyreissut eivät menneet ihan putkeen. Testosteroni ja viina ei sovi yhteen. En tarkoita, että olisin doupannut testosteronia, vaan mulla oli aika korkealla testosteroni parikymppisestä eteenpäin. Kännissä saattoi saada ihan hirveitä raivareita ja itkukohtauksia välillä. Tiukka viina ei sovi mulle sitten pätkääkään. Ne raivarit oli ihan älyttömiä purkauksia. Joskus laitoin koko kämpän ihan sekaisin, se oli kuin pyörremyrskyn jäljiltä, kun mä olin sekoillut. Kerran potkin tietokonepöydän ihan säpäleiksi ja tietokoneenkin ihan paskaksi, emäntäni aneli vieressä, että lopettaisin. Välillä poliisit tuli hakemaan säilöön ja välillä ambulanssi, kun sai jonkun älynväläyksen vetää ranne auki.

Aloin menemään ihan pimeäksi koko ukko. Emäntä yritti puhua minua hakemaan apua, kun psykoottiset oireet paheni pikkuhiljaa. Varjot hyökkäsivät päälleni kämpässä, kun olin yksin. Muistan kun emännältä leikattiin nielurisat tai jotain, ja se sai Panacodeja sellasen megapäkin, josta mä rupesin nappailemaan niitä viinan kanssa. Siitä se alkoi, halusi enemmän turruttaa itseään, kun pelkkä alkoholi ei enää riittänytkään. Joskus 2008 tai 2009 kokeilin joitain kertoja amfetamiinia ja ensimmäisen ekstaasinappini. Tämä alkoi viemään huumeiden maailmaan.

Mä tosiaan rupesin näkemään sitä varjoporukkaa, sellaisia riivaajia tai jotain riivaajahenkiä, jotka mua vainosi, kun olin tarpeeksi heikossa kunnossa. Pelottavaa shittiä aloittelijalle "ensimmäiset kunnon hallusinaationi" -kategoriassa. Mä menin vähän paniikkiin ensimmäisillä kerroilla, kun niitä näin. Loppujen lopuksi vuosien kuluessa ensimmäisestä parisuhteesta tuli liian ON/OFF mun sekoilujeni tähden (luulisin että siksi). Katsot, kuinka tyttöystäväsi kärsii sydän lähes riekaleina sinun takiasi. Tein ehkä elämäni vaikeimman päätöksen ja halusin että hän jättäisi minut ja voisi paremmin ilman minua ja sekoilujani. Se ei ollut todellakaan helppoa koska hän ei meinannut millään luovuttaa ja päästää irti kaikesta huolimatta. Siinä välissä sain potkut, joka otti tosi koville. Lopulta sain meidän suhteen päätökseen ja samalla revin sydämeni kappaleiksi ja tunsin pahinta kipua mitä tiedän, mutta nyt hän oli vapaa minusta. Se oli tärkeintä.

Eristäydyin kaikesta ja vaivuin johonkin pimeään. Tuntui että kaikki oli nyt menetetty ja toivo kuoli sisältäni täysin. "Jää vain tyhjä tunne, kun elämässä häviää".

Pari kertaa herättyään omasta verilammikostaan sitä vain näkee maailman eri lailla kuin ennen. Mun olisi pitänyt kuolla silloin sinne lattialle, kun olin kai ottanut vuokraisännän insuliinitkin ja molempien lääkkeet, mutta ilmeisesti en ollut tehnyt sitä oikein, kun sieltä olikin pakko nousta ylös. Siinä kohtaa mä muutuin jotenkin. Tuntui että jotain meni rikki mun sisältä, olin kuin eri mies. Mä vaan taisin tippua niin lujaa sellaiseen kuoppaan tästä kaikesta, kun kaikki romahti melkein samaan aikaan tai ehkä yksi asia toisen perään. Ihminen näköjään muuttuu sellaisesta paskasta aika paljon.

Kun olen keskustellut esimerkiksi veljeni kanssa siitä ajasta, kun kaikki romahti, se ihmetteli, että miten mä otin niin helvetin rankasti sen duunipaikan menettämisen? No ei se ollut pelkästään se duuni, jota rakastin ja nautin tehdä, vaan siinä meni lähemmäs neljän vuoden ensimmäinen parisuhde ja kämppä samaan syssyyn yhdistettynä pääongelmiin mikä pisti tämän miehen elämän ihan pirstaleiksi ja johon jossain välissä tuumasi vaan leuka roikkuen että "Ei vittu ole totta!" ja aina jokaisen vastoinkäymisen kolahtaessa pieni osa toivoa hävisi sisältä.

Asioiden toivottomat korjaus- ja pelastusyritykset alkoivat todellakin tuntua siinä kaiken keskellä täysin oman ajan ja energian tuhlaukselta. Siinä alkoi olla hyvin selkeää, että kaikki menee nyt päin vittua enkä mä pysty siihen vaikuttamaan mitenkään. "Ota iskut vastaan ja murru kuin mies!" Se ei ollut pelkästään joku duunipaikka tai joku kämppä. Se oli MUN ELÄMÄ. Se olin MINÄ mikä sen kaiken seurauksena vaurioitui, ja tarpeeksi kauan, kun olin räpistellyt niin mä heitin hanskat tiskiin. Se kaikki oli vaan aivan liikaa mulle, mä en kestänyt ja oikeastaan se yksi yö muutti mut, eli silloin kun toisen kerran heräsin verilammikosta. Mä en osaa selittää sitä tarkemmin kuin että sieltä nousemisen jälkeen mun katseessa oli jotain uutta, sen jälkeen mä funtsin todella erilailla kuin ennen ja koin tämän maailman eri tavalla siitä lähtien. Jotenkin koki koko maailman vähän karumpana ja kylmempänä kun tajusi kuinka epäreilua tämä elämä voi oikeasti olla ja kyllä, se pisti todella vihaksi. Siinä kohtaa jotain vaan meni rikki. Taisi sulakkeet palaa pahasti päästä, ja kun niin käy niin mikään ei enää ikinä ole ennallaan.

4

Kaiken sen turvalleen kaatumisen jälkeen hauskuus sit vasta alkoikin, eli jonkun uuden synteettisen muotihuumeen rykiminen itsetuhoisesti keväästä loppukesään ensimmäinen psykoosi päällä. Mä vedin varmaan kokonaisen heikin jotain virolaista lannoitetta plus kaikki muu mitä tuli ryittyä siinä sivussa. Grammaakaan en myynyt kenellekään. Poliisitkin oli kysynyt yhdeltä kaverilta silloin "Mitä vitun paskaa te oikein vedätte, se haiseekin ihan hirveeltä!"

Se oli aika kreisiä touhua, esimerkiksi tulevaisuuteen näkeminen. Mistä muuten psykoosi katsotaan alkaneeksi? Siitä kun suhun otetaan yhteyttä maan ulkopuolelta? Vai silloin kun pää on pelkkää mustaa ja tekee mieli tappaa joku? 2010 aloin vetämään spiidiä useammin ja välillä joka päivä mutta piikkiin en vielä koskenut. Niinä kekriaikoina mä aloin olemaan yhden muidun kanssa ja rakastuin kovaa. Se käytti piikkiä. Eihän se kestänyt kuin puolisen vuotta, kun se alkoi sekoilemaan. Se aikoi psykoosipäissään mennä Thaimaahan yksin ja tappaa itsensä lääkeövereihin auringonlaskuun

biitsille ja uhkasi vasikoida mut jostain, jos kerron jollekin. Sillä oli sellainen itsetuhoinen fantasia siinä tilassa. Kuitenkin sain sen tapaamaan minut ennen lähtöään ja päädyttiin juteltuamme siihen lopputulokseen, että mä lähden sinne mukaan ja uudet lennot buukattiin parin viikon päähän.
Se lainasi mulle jonkun tuhat euroa reissua varten ottamillaan pikavipeillä, muistakaa tämä, tämä on tärkeä kohta. Tämä reissu tuli hyvään saumaan sillä kotopuolessa oli vähän hässäkkää. Käytiin reissussa ja sain sen takaisin kotiin Suomeen hengissä. Tultiin Lontoon kautta takaisin Suomeen. En nähnyt Lontoosta kuin jonkun helvetin Harry Potter -ostoskärryn menossa seinän läpi, vissiin Lontoon rautatieasemalla, koska tämä tapaus ei halunnut nähdä mitään mainstream-nähtävyyksiä kuten Big Beniä. Käytiin kyllä Camdenin kaupunginosassa, joka oli siisti paikka, ja parit oluet nappaamassa paikallisessa, jossa näin Demented Are Go:n kitaristin Stanin, mutta en viitsinyt häntä häiritä. Oltiin siis Lontoossa pari päivää ja tultiin Suomeen takaisin muutaman ongelman kautta. Viikko takaisin tulon jälkeen mä jätin hänet. Se jotain sekoili vieläkin ja

syytti mua jostain niin mä sanoin sille
että "Anna avaimet tänne nyt, sit sä
painut vittuun täältä". Se meni ihan
hiljaiseksi ja teki kuten sanoin. Se
suhde loppui siihen, ja mä menin
baariin vetämään perseet olalle.
Mä sitten vaan dokailin ja vedin roinaa
jonkun aikaa ja aloin pyörimään yhden
oululaisen muijan kanssa. Oulun likka,
joka oli etelässä opiskelemassa
terveysalaa. Kävikin ilmi, että se asui
viereisessä talossa numerossa 13, se
olikin epäonnen numero. Aloin
kuitenkin käymään tämän Oulun likan
kanssa karaokessa. Sitten se oli jossain
häissä ja viestiteltiin ja se päätyikin
minun kämpille illan päätteeksi. Meillä
synkkasi ihmeen hyvin, vaikka olihan
se pippurinen ja temperamenttinen
tapaus. Tykättiin yhdessä laulaa
karaokea ja ottaa tequilaa. Meidän
suhde kesti joku alle kaks vuotta vissiin.
Kävi ilmi, että hän ei ollutkaan niin
viehättävä sisältä kuin ulkoa. Sillä
naisella oli oikeasti joku ongelma. Aina
kun se otti tiukkaa viinaa, se morkkasi
mua aina illan päätteeksi. Se oli super
mustasukkainen ja syytti mua ihan kuin
mä olisin pettänyt sitä. Miksi mä olisin
pettänyt sitä, hän oli todella viehättävä
vanha kilpatanssija.

Se oli käynyt Briteissäkin kilpailuissa joskus nuorempana, mutta kun se lopetti kilpatanssimisen, sillä todettiin joku reuma mihin se söi lääkkeitä. Kaikesta moittimisesta ja syyllistämisestä huolimatta mä rakastin sitä todella paljon. Eikä se tykännyt ollenkaan, jos mä otin vähän spiidiä. Mutta itse asiassa sen kanssa seurustelu rauhoitti mua aika paljon, siis kaman vedon saralla.

Aina kun oli jokin ongelma ainakin sen mielestä, se halusi, että se puhutaan heti eikä myöhemmin, mutta kun se ei ollut puhumista vaan hyvin aggressiivista huutamista mulle. Meillä oli omat ongelmamme mutta mä siedin ne nielaisten joka morkkauksen jälkeen. Se oli niin skitsoa, kun se kännissä tuli huutamaan mun naaman eteen eikä siihen kannattanut heittää vettä myllyyn tai se meni ihan kreisiksi. Kerran juotin sen tahallani todella kovaan tequilakänniin ja annoin sen olettaa, että mä olin jo juonut omani, kun tilasin jo uudet. Kotiin kun päästiin, se aloitti taas perinteisen skitsokohtauksen ja huusi ja syytti mua kaikesta. Sillä kerralla mä vaan hymyilin ja annoin kaiken mennä toisesta korvasta sisään ja toisesta ulos. Seuraavana päivänä mä kerroin, että mä juotin sen tahallani niin känniin ihan vaan näyttääkseni minkälainen siitä tulee kännissä. Onko se jonkinlainen alkoholiongelma?

Kuitenkin se oli sairaalassa töissä ja sitten se päättikin muuttaa takaisin Ouluun. Päätettiin yhdessä, että mä muutan heti perässä kanssa Ouluun, vaikka oltiin lyhyesti erottu jo sitä ennen. Ajattelin, että maisemanvaihto tekisi hyvää minulle. Olikin virhe muuttaa sinne ottaen huomioon, miten se lopulta meni.

Oulussa mä lihoin ihan hulluna koska mulla oli kaksi painoa nostattavaa psyykelääkitystä eikä talvella tullut paljoa harrastettua liikuntaa. Mä vaan masennuin siellä. Tuli siellä käytyä pärräpoikien tallilla. Se oli ihan siistiä. Päästiin jäsenille tarkoitettuihin tiloihin laulamaan karaokea jne. Se varapressa oli tosi mukava nuori jätkä. Meidän kodin kadun toisella puolella oli baari. Siellä me käytiin viikonloppuisin ryyppäämässä ja keskustassa karaokebaarissa.

Sitten yks kerta tultiin taas himaan ryyppyillan päätteeksi ja se taas alkoi skitsoilemaan. Huusi päin naamaa ja alisti mut niin pahasti, että oli ihme, että tajusin mennä koneelle aamuyöllä ja katsoa seuraavan junan etelään. Mun oli vaan pakko päästä pois. Ennen kuin menin ovesta, se sanoi legendaarisen repliikin naisen suusta "Jos nyt meet ovesta niin ei tarvii tulla enää takaisin". Mä vaan mietin, että JEP! Menin taksilla asemalle ja hyppäsin junaan enkä ikinä mennyt takaisin.

Jonku kahden viikon jälkeen se soitti mulle ja kysyi että "ookko nää koska tulossa tänne takaisin, tai siis ootko sä tulossa ollenkaan" sellaisella aika hiljaisella äänellä. Vastasin vaan "Taitaa olla niin että en taida tulla enää". Sitten se lähetti mun tavarat Matkahuollon kautta paketeissa etelään. Se oli siinä. Jotain se akka vei mun sisältä. Jotain kuoli sen rakkauden mukana. Tuntu että Oulusta tuli etelään pelkkä kuori musta. Henkinen väkivalta on pahinta...

Pidetääs pikku tauko nyt ja mietitään vähän ja muristaan maailmalle.

Tää kaikki mitä mä muistelen nyt taitaa vähän painottua niin sanottujen negatiivisten kokemusten sarjoihin. Johtunee varmaan siitä, että sitä aika helposti ensin muistaa sellaiset ja monet hyvät muistot siellä keskellä jäävät vaan pimentoon, niin se vaan tuntuu menevän. Oon tainnut kohtuullisen hyvin puhua joistakin näistä mua askarruttavista asioista koskien omaa elämääni ja vähän tuntuu nykyään siltä, että joka kerta kun mietin jotkut asiat uudelleen läpi päässäni ne aina vähän lisää, selkeytyy kerta toisensa jälkeen muotoon, jossa tietyt tapahtumat ja niistä seuranneet vaikutukset alkavat saamaan jonkinnäköisen tolkun. Monet tapahtumat alkoivat vain loksahtaa paikoilleen ja näyttää jopa järkeenkäyviltä.
Toisaalta on myös jonkin verran sekoiluja, joihin ei yksinkertaisesti keksi mitään tiettyjä järkeviä syitä miksi asiat lähti johonkin tiettyyn suuntaan. Nämä voidaan siirtää pään sisällä arkistoon nimeltä "Järjettömyydet" tai vaihtoehtoisesti

yhtä sekavaan "Älä kysy miksi" - lootaan. Varmaankin monien toimintojen ja käyttäytymisen tähden (joita joidenkin ihmisten on varmasti ollut hankaluuksia välillä ymmärtää) on aika helvetin moni selkeästi "feidannut" mut ja monet hyvät ja vanhatkin kaverit ovat tainneet mut jo melkein unohtaa kokonaan vuosien vaivihkaa vaihtuessa seuraaviin, joiden vilskeessä ei vaan ole aina pystynyt pitämään mitään yhteyttä. Tämän lopputulos tuntuu olevan hiukan nopeammin muuttuvat ja elävät kaveriporukat, joissa ihmisiä tulee ja menee sisään ja ulos elämästäsi välillä vähän liiankin nopeaan ja yllättävään vauhtiin, mutta on tietenkin joitakin ihmisiä, jotka ovat ja pysyvät elämässäsi, vaikka välillä sitä on pakko pitää vähän ns. hermolomaa eräistä ja luulisin, että tällainen toiminta on välillä molemminpuolista. Välillä muhun kyllästyneille ihmisille voin vain sanoa, että "Try to understand that sometimes it's hard to be a tonttumies." Mä en pidä tästä maailmasta niin kuin moni muu tuntuu diggaavan, siis ainakaan tällaisena. Enkä useimmista täällä kulkevista ihmisistä. No mun B-lausunnossakin lukee että "potilas tuntee vihaavansa ihmisiä". Ei se ihan niin mustavalkoista ole, on tuolla hyviäkin tyyppejä. Taidan olla vähän antisosiaalinen persoona nykyään, tai toisinaan. Mä en vaan välillä oikein tiedä miten päin mun pitäisi olla joidenkin ihmisten kanssa, johtunee varmaan kaikista kolhuista mistä ei opittu mitään, vaan olo on enemmänkin aina vaan vaurioituneempi.

Saattoi mun "harrastuksellakin" olla jotain tekemistä asian kanssa, viittaan nyt jo varmasti selväksi tulleeseen toimintaani päihteiden kanssa muutamia vuosia sitten. Ei siitä aina ylpeä voi olla mutta jotenkin sitä saa jonkinnäköistä helpotusta välillä näiden myrskyjen seassa. Siis eihän päihteet hyväksi voi olla, eihän? Jos eläisi sitä "normaalia elämää" ni ei tietenkään oikein sovi yhteen nämä kaksi asiaa, mutta oma elämä kun on mennyt tällaiseksi mössöksi, niin miettii että miksei?

Multa puuttuu nykyään selkeä suunta, tavoitteet tai oikeastaan koko merkitys miksi mun edes pitäisi yrittää, ainakin siltä välillä tuntuu. Mikään ei ole hirveämpää kuin menettää toivo täysin, näin voisi todeta. Täällä voi kuolla monella tavalla.

Siis miten tällaisessa maailmassa voi mitenkään pitää päänsä koossa älyttömän pitkiä aikoja putkeen, kysyn vaan. Tässä saatanan isossa kauppakeskuksessa, jossa me "ihmiset" olemme vain kuluttajia, jotka elää jonkun muun sanelemaa unelmaa, miten sairasta oikeasti. Täällä ihmisen on tehtävä brändi itsestään ja tarjottava palvelujaan esimerkiksi isommille yhtiöille mukamas menestyäkseen tässä elämässä.

Mun mielestä sillä menee parhaiten kellä ei ole mitään, se on se voittaja tuolla muiden luusereiden seassa. Se joka näkee valheiden läpi ja päättää olla olematta osa tätä sairasta systeemiä, niin kuin hipit ja punkkarit jne. Mä en ole mikään vitun brändi tai tuote, joka tuhlaa koko elämänsä muiden miellyttämiseksi ja eduksi, eli loppupeleissä "niiden, jotka täällä määräävät" tilipussia lihottaakseen.

Tuo loputon luokkien erottelu toisistaan aina pohjalta asti ylöspäin, se tekee meistä täällä eriarvoisia kuin toiset. Eli pyramidin huipulla on se 1 prosentti, joka kerää taatelit taskuun ja sanoo miten hommat menevät kaikilla niiden alapuolella olevilla. Tämä kaikki on herra isoherralta niin hyvin hoidettu omaan taskuun, että eipä täällä vaikuttaisi läheskään tarpeeksi moni edes tajuavan, että elää täysin turhien asioiden ympäröimänä ajatellen, että meillä pitäisi olla kaikilla jokin tehtäväkin täällä, joka pitäisi suorittaa. Kaikki perustuu valheille, manipulaatiolle, tämän karjan kontrolloinnille keinoja kaihtamatta. Eihän meille annettu edes missään vaiheessa mitään vaihtoehtoista systeemin ulkopuolista tapaa elää vaan sinut ohjelmoidaan pienestä pitäen olemaan osana tätä paskaa. Sittenhän saatana olet Alepan kassalla eläkeikään asti, kun et päässyt toteuttamaan unelmiasi ja mahdollisia tavoitteitasi, joita tältä elämältä halusit. Silloin joskus ennen kuin sinut alistettiin ja sinun mieli sekoitettiin täysin. Mutta ne, jotka ei huomaa sitä, että täällä on kaikki päin vittua, on omaa typeryyttä. Nuo "normaalit" ihmiset vasta sekaisin onkin eikä ne edes itse tiedä sitä. Mulla ei ole tähän kaikkeen kylläkään omaa ratkaisua, paitsi ehkä ydinsota. Ehkä tämä pöytä pitäisikin tyhjentää, jotta voisi rakentaa jotain parempaa vanhan tilalle, tähän, joka ei omassa idioottimaisuudessaan pystynyt kehittymään oikeaan suuntaan. Vitut tästä kaikesta, vitut koko yhteiskunnasta. Mä puollan sen suurehkon punaisen napin painamista ja pyyhitään tää kaikki pois, kun sen aika tulee.

No niin rauhoitutaanpas taas ja jatketaan tarinaa…

5

Tulin siis takaisin etelään ja kaverini majoitti minut. Tämä kaveri oli aika viinaan menevä, joten me alettiin sitten dokaamaan kunnolla. Me vedettiin joku neljä kuukautta soppaa yhtä soittoa. Oltiin niin räkäkännissä koko ajan, ettei me muistettu mitään mistään. Sitä mä halusinkin, unohtaa kaiken. Unohtaa Oulun likan. Oltiin me kyllä ihan hyvissä ruuissa, kun kaveri kokkasi aina jotain kotiruokaa ja viinapulloja meni ihan tolkuttomasti. Pimeää viinaa ja pikkusuolaista. Yks kaveri kävi aina kattomassa meitä mutta lopetti käymiset, kun ei me muistettu, että se oli käynyt ja aina samat jutut kerrottiin. Varmaan hirveen näköistä toimintaa se meidän dokaus. Sohvalle kun oli sammunut ja siitä kun heräsi, niin tarttui ensimmäisenä avattuun pulloon pöydällä ja veti todella pitkän huikan ja sammui uudestaan hetken päästä. Lopulta oli pistettävä korkki kiinni, kun olin saamassa kämpän vihdoin.

Mä olin aika ihme tilassa varmaan joku pari vuotta sen Oulun likan jälkeen. Ei musta saanut mitään irti. Piti syöttää pari grammaa amfetamiinia ja keissi kaljaa, että mä aloin puhumaan jotain.

Kaverikin kysyi minulta että "Mitä sulle on tapahtunut?". Yritin selittää parhaani mukaan, miten Oulun reissu meni. Miten mä annoin sen muijan murtaa minut. Siellä mä muutuin enemmän. Musta tuli hiljainen tyhjää tuijottava miehen jäämä. Murtunut mies.

Sen sanon vaan Oulun likasta, että kymmenen pistettä antaisin loppuarvosanaksi mun pään sekoittamisesta, josta lähti niin vaikeat ja ratkaisevilta tuntuvat vuodet käyntiin, ettei mitään rajaa. Mun uudessa kämpässä ei ollut aluksi kuin patja ja televisio, niin alusta mä aloitin uudestaan. Sitten pikkuhiljaa hommata sohvia ja muuta, ja Oulustakin saapuivat laatikot missä oli mun levyt.

Silloin keväällä mä sitten aloin vetämään hihaan spiidiä. Muistan sanoneeni yhdelle tyypille että "sun täytyy opettaa mulle, miten tää tehdään". Kaveri ajatteli vaan että miten typerästi pyydetty, mutta opetti iv:een niksejä. Esimerkiksi että ei käytä ikinä samaa kuppia kuin toinen ja miten väsätään vedot, etten saa mitään tautia ja että teen sen oikein, etten tapa itseäni. Se varmaankin ajatteli, että kuitenkin mä sen teen niin paras neuvoa vähän, ettei tee mitään tyhmää. Tyhmäähän hihaan vetäminen on! Mutta kun ehkä sitä haki jotain helpotusta henkiseen kipuun niin sen tein.

Sain yhdestä kuolinpesästä huonekaluja jonkun verran ja laitoin kämppää viihtyisäksi pikkuhiljaa. Siitä kämpästä tulikin ihan viihtyisä, siellä alkoi frendejä käymään ja pidettiin hauskaa. Mulla on vähän pimennossa nuo pari vuotta. Kävin kuitenkin sitten psykiatrisella juttelemassa tasaisin väliajoin. Mulla oli psykoottisia oireita, esim. kaikki vääntyi näkökentässä ihan vinkuralleen. Olin aika sekaisin siitä Ouluhommasta ja oli taas opeteltava elämään yksin. Tein pari kertaa jotain hanttihommia kaverin kautta ja lopulta menin kuntouttavaan työtoimintaan tekemään jotain kolmen kuukauden jaksoja. Siellä mä olin tavaran vastaanotossa, eli sohvien kantelua yms. Kahvin juontia enimmäkseen joku pari kolme kertaa viikossa. Viikonloput rällättiin kaverin autotallissa, joka me laitettiin siistiin kuntoon ja nikkaroitiin kaikkea siistiä yhdessä.

Oltiin kuin paita ja perse kaverin kanssa. Se oli tärkeää, että se haki mut melkein joka päivä sen työpäivän päätteeksi laittamaan tallia, ja tulihan siinä vedettyä roinaa ja juotua kaljaa

samalla tietenkin. Mutta oli hauskaa
tehdä jotain yhdessä ja siitä autotallista
tulikin kuin toinen olohuone meille.
Siellä oli aivan sika kivaa, kun paikat
oli kunnossa ja porukka koossa.
Kuunneltiin musaa lujaa, juteltiin ja
pidettiin hauskaa. Ne ajat on jäänyt
päähän. Sitten kuitenkin yks
viikonloppu kaverini sekoili vähän ja
kun en suostunut heti johki sen
päättömään ideaan siirtää jotain autoa
tai jotain niin se hyökkäsi yhtäkkiä
sanallisesti mun kimppuun. Haukkui
läskiksi narkkariksi. Mä olen kyllä liian
passiivinen välillä. Jos joku sanoo
jotain ilkeää mun pitäisi reagoida
jotenkin siihen HETI. Mutta kun paras
ystävä haukkuu yhtäkkiä lyttyyn niin
mä en vaan osannut reagoida mitenkään
siihen. Se sattui tosi paljon, eikä meidän
kaverisuhde ollut enää entisellään sen
jälkeen.
Kaveri oli aika narsistinen ja iski aina
heikoimpaan kohtaan mitä löysi
toisesta. Enkä mä ollut ainoa kenelle se
niin teki. Sitten yksi linnakundi tuli
lomille ja oli sanonut kuulemma mulle,
että yksi tyyppi, olkoon nimeltään
vaikka Heikki, oli kuulemma jauhanut
linnassa kolme vuotta aikaisemmin että
mä olisin mennyt sinne Thaimaahan

yhden toisen kovan äijän rahoilla. Olin silloin yrittänyt maksaa velkani hänelle Heikin kautta, koska he tunsivat toisensa, mutta tämä ei kuitenkaan ollut toimittanut niitä perille saakka, vaan piti ne itsellään ja valehteli linnassa ollessaan että olisin tuhlannut ne omiin menoihin. En ollut uskoa miten käärmemäisesti minun hengen kanssa oli leikitty, ja myöhemmin unohdin kamapäissäni koko homman. Mutta tämä juttu oli vielä uudestaan tulossa pöydälle ja minä elin tietämättömänä tästä. Kuitenkin porukka alkoi hajota eri muotoon ja tämä narsistikaverini tuntui olevan kaiken keskipiste porukassa. Se oli tosi supliikki jätkä ja kova manipuloimaan ja pelaamaan niin sanottuja mielipelejä, mistä mä en tykännyt ollenkaan, varsinkaan kun se kohdistui minuun.

Mulla alkoi psyyke revetä pahasti ja 2015 se toinen psykoosikin iski. Lopulta porukka vaan kääntyi mua vastaan ja mä tiesin, että tämä minun ystäväni/veljeni oli kaiken takana. Se myrkytti kaikki mua vastaan, joten mä jäin yksin seiniä tuijottelemaan himaan ja tilanne vain paheni. Mä rupesin saamaan sellaisia yhteydenottoja unitiloissa ja näkemään hallusinaatioita joka päivä.

Ei ole siistiä nähdä monien vuosien jälkeen Oulun likkaa joka paikassa ja joka päivä hallusinaatioina, josta en edelleenkään ole tainnut kovin monelle kertoa, ja hänen äänensä pääni sisällä morkkaamassa ja haukkumassa mua niin kuin ennen vanhaan. Samaan aikaan päällekkäin hyvin vahvat seuraamisvainot, jotka olivat todella uhkaavia välillä. Tuntui kuin olisi ollut joku mafia vähintään perässä, vaikka oikeasti ne olivat vain kytät psyykkaamassa ja milloin "velanperijät". Kämppä tietenkin täynnä mikkejä ja kameroita, ettei voinut himassakaan olla mitenkään normaalisti. Kaiken kukkuraksi vuosia jatkunut suhteellisen säännöllinen tiettyjen päihteiden sekakäyttö niin hyvä tuli!

Harhat ovat hauskoja siitä, että voihan sitä joskus olla jaksoja, että näkee ja kuulee vähän mitä sattuu mutta yleensä niille vaan naurahtaa ja toteaa ne harhaksi, mutta sitten kun sä alat uskomaan niitä niin sä vittu sekoat, ja kunnolla... Niin kuin mun tapauksessa, kun mä pidin turpani kiinni ja otin kaikki harhat todesta. Viimeistään silloin 2015 mulla siis aktivoitui aika häijy ja pitkä psykoosi taas, josta jotenkin läpi selvinneenä 2016 lyötiin skitson paperia pöytään psykiatrisella ja laitettiin määräaikaiselle työkyvyttömyyseläkkeelle vuoden sairausloman jälkeen. Kait mä sitten olen jonkinmoinen skitsofreenikko, niin kuin pappakin. Skitsofrenian puhkeaminen kukkaan oli mullakin niin monesta päällekkäisestä tekijästä kiinni, ettei siinä voinut sanoa jälkeenpäin mitään yhtä tiettyä syytä miksi meni vati nurin, vaan ne kaikki yhdessä vei mut taas psykoosiin, joka vaan siinä matkalla muuttui miten muuttui, ennen kuin vasta puolen vuoden päästä joku sai mut puhuttua hakemaan apua ittelleni.

"Ei mussa ole mikään vialla." Kun on niin sairaudentunnoton, eikä näe suuria muutoksia itsessään tapahtuneeksi vaan mietti, että just tälläinenhän mä olen eli oma itseni. Jep jep. Mutta kovaa shittiä oli kyllä silloin elämä, ei siinä muuta. Kyllä mä sain tilanteen jotenkin hallintaan ilman osastolle menoja ja saanut paljon asioita käsiteltyä sekä ehkä kasvanut vähän ihmisenä tuollaisen kokemuksen tuloksena.

Mä sain siis sellaisia yhteydenottoja unitiloissa alkuvuonna 2015, joista koko tapahtumaketju lähti liikkeelle. Siinä oli sellainen hoikka, vartaloltaan muodoton nainen istumassa sohvalla mun kanssa. Varmaan muodoton siksi että siinä ei olisi mitään seksuaalista. Se katsoi mua niin rakastavasti, sellaista ehdotonta rakkautta ihmistä kohtaan. Tuntui että se oli jokin valon lähettiläs, mun suojelusenkeli. Se joka katsoo mun perään vähän, kun asiat ovat huonosti. Se puhui mulle telepaattisesti ja latasi dataa mun päähän uskomattomalla vauhdilla ja mä ymmärsin kaiken heti. Hän nostatti mut seuraavalle tasolle tietoisuudessa. Näitä tapahtui joku kolme tai neljä kertaa yhteensä ja joka kerran jälkeen oloni oli todella iloinen, johon en ollut tottunut niin monen synkän vuoden jälkeen. Hän antoi minulle tehtävän. Tehtävän miten elää hyvä elämä ja johon hän antoi ohjeetkin.

Näiden "yhteydenottojen" jälkeen olin todella inspiroitunut, energinen ja nautin elämästä täysin rinnoin. Voisi sanoa, että muhun otettiin yhteyttä jostain, mistä lie. Kun yritin puhua tästä kavereilleni, he olivat tulleet siihen tulokseen, että mä olen psykoosissa.

Sanoin vain takaisin että "Älkää nyt vittu viittikö, mulla ei ole koskaan ollut näin hyvä olo".

Alkoiko psykoosini tosiaan noin? Jo alkuvuonna 2015. Mulle se kaikki oli kyllä totta ja uskon edelleen ne todeksi, vaikka aika onkin hälventänyt muistoani siitä. Mulla on tehtävä tässä elämässä. Elää ihmisen elämä ja kehittyä paremmaksi ihmiseksi. Kun tutkin asiaa netistä näytti siltä, että tämä ilmiö on maailmanlaajuinen. Porukka oli hämillään mitä heidän elämässään oikein tapahtuu??? Ohjattua tajunnantason laajentamista ja korottamista seuraavalle tasolle maailmanlaajuisessa skaalassa?

6

Siinä 2015 vuonna tuli kevät ja vihdoin kesäkuu. Pääsin töihin varastoon taas. Mulla oli kolmen kuukauden koeaika ja sitten mä pääsisin vakkariksi töihin. Työ oli aika rankkaa. Tavaran keräilyä, siinä piti olla todella vikkelä ja miettiä samalla koko ajan seuraavia tekoja ja laskea päässä. Kuitenkin musta alkoi tulla aika hyvä keräilijä. Mä olen aina ollut hyvä työssäni mutta mun päällä noin rankka duuni alkoi syödä miestä. Muistan että herätyskello soi aina aamuviiden aikaan ja hyppäsin suoraan pystyyn, kun kello soi, kahvinkeitin päälle ja sitten töihin kahvin jälkeen. Aamukuudelta oltiin jo keräilemässä täysillä. Paineet olivat kovat, tai mä otin ne tosi lujaa.

Niin ruumiillisesti ja henkisesti rankka työ alkoi murentamaan mun psyykettä. En ollut täysin kunnossa työt aloittaessanikaan. ”Työkaverit” alkoivat nälviä tai kiusaamaan mua jollain tasolla. Parin kuukauden kohdalla työni aloittamisesta muistan, että aina kun joku nälvi mun silmät menivät pyöreiksi ja menin hiljaiseksi, silloin mä kuulin, että yksi niistä sanoi että ”nyt se alkaa hajoo”. Vitun kusipäät. Lopulta menin syvempään psykoosiin ja menin spiidipäissäni työterveyslääkärille, josta sain lähetteen psykiatriselle. Juttelin työnjohtajan kanssa pitkän puhelun, jossa sanoin, että mä en voi tulla sinne halliin enää ja että musta tuntuu, että mulla on palanut sulakkeet päästä jossain vaiheessa. Työnjohtaja ymmärsi hyvin ja olisi antanut mulle vielä yhden mahdollisuuden, mutta kieltäydyin mahdollisuudesta ja sovittiin koska tavattaisiin työmaalla, jotta voidaan purkaa työsopimus.

Musta tuli hyvin "aggressiivissävytteinen" (lievästi sanottuna) ja pidin vihapuheita psykiatrisella, jossa he määräsivät mulle lääkitykset ja aloittivat avohoidon. Lääkärin jälkeen menin yläkerran naapurille ja se kysyi, että miten meni lääkäri. Vastasin että "Joku psyko juttu tai jotai". Psykki lääkäri määräsi mulle uuden polven antipsykoottisen lääkityksen ja jotain Levozinia unen saantiin. Kun menin purkamaan työsopimusta en enää tuntenut paikkoja työpaikalla ja värit löivät jotenkin sekaisin, näin pinkin sävyisenä kaiken. Olin aika jamassa mutta sain itse valita antaako työnjohtaja mulle potkut vai irtisanonko itseni.

Sitten alkoi lääkkeiden syöminen. Tuntui siltä, että jotta psykoosin saisi pois mieleni piti rikkoa ensin sirpaleiksi, jotta sen voisi kokoa uudestaan, joten ryömin kämpässäni aivan hajalla. Olin aika huonossa jamassa mutta en soittanut keneltäkään apua. Yritin vain pitää paketin koossa hinnalla millä hyvänsä.

Olin jo juhannuksena laittanut kaikki välit poikki vanhojen kavereiden kanssa. Sitten vaan sinniteltiin yksin. Muistan vain pätkiä sieltä sun täältä kuntoni takia. Aika vaihtui syksyyn ja tilanne kärjistyi itsemurhayritykseen.

Vuosi 2015 oli muuttanut mua niin paljon ja tunsin itseni aika lailla eläväksi kuolleeksi enkä hallinnut enää itseäni raivokohtauksilta. Joten vedin yli sata Rivatrilia ja 50 Levozinia ainakin viikon kännäämisen päälle.

Selvisin kuitenkin yrityksestä, kun nopeasti uudelleen mietittyäni asian päätin soittaa apua itselleni. Se oli ihme, että pystyin vielä puhumaan sen verran että osasivat tulla oikeaan osoitteeseen. He juottivat mulle sitä hiilijuomaa jonkun verran ja kantoi mut ambulanssiin, kun mun jalat ei kantanut

enää. "Ei mun jalkani kanna! Kun olen sinun kosketusta vailla!"
Ambulanssissa multa lähti taju kankaalle ja heräsin seuraavana päivänä sairaalasta aivan vitun junttarissa. En tuntenut mitään pelkoa tai mitään sellaista, kun tajusin missä olen, vaan olin enemmän huolissani, että olinko mä ottanut päälääkkeeni. He antoivat mulle pari ruutallista mansikanmakuista nestemäistä Diapamia. Sitten piti odotella Kellokosken porukkaa.
Oli aika työ puhua itseni ulos Kellokosken reissusta siinä kondiksessa. Pääsin sitten pois sairaalasta kotiin enkä muista mitään sen jälkeisestä ajasta. Kaverini sanoi vaan että olin mä ollut ihan VITUN sekaisin, kun sairaalasta pois pääsin.
Tuli marraskuu ja synttärini. Vietettiin pienellä porukalla synttäreitäni mun kämpillä, josta siirryttiin baariin juomaan. Siellä tupakkakopissa tapasin Veeran. Käännyin ympäri ja näin hänen vihreät isot silmät ja rakastuin välittömästi. Juteltiin jotain läppää ja tultiin hyvin juttuun, jonka jälkeen ystäväni Mari oli kysynyt Veeralta että "ootsä varma että te ette ole nähnyt aikaisemmin???" kun tultiin niin hyvin

juttuun. Mä rakastuin ensisilmäyksellä... Meni jonkun aikaa ja sain Veeran puhelinnumeron ystävältäni Marilta, jonka jälkeen minä ja Veera poltettiin parit röökit pihallani.

Mutsi oli antanut mulle parit elokuvaliput jonain lahjana, varmaankin että vaikka veisin jonkun gimman elokuviin ja niin me sitten mentiinkin elokuviin Veeran kanssa, taisi olla uusin James Bond. Tunsin suurta mielenkiintoa häntä kohtaan, vaikka hän olikin minua kymmenisen vuotta nuorempi. Veera oli 18-vuotias kun me tavattiin, joten pitihän mun miettiä, että jos asiat lähtisi luistamaan hyvinkin sen kanssa niin mitä kaverit ja ihmiset ylipäätänsä ajattelisi minusta ikäeromme takia. Lopuksi päätin että aivan sama mitä ihmiset ajattelevat ja aloin panostamaan mahdolliseen uuteen suhteeseen. En osannut ajatella häntä niin nuoreksi, koska hän oli varttuneemman oloinen, ikään kuin vanha sielu.

Niihin aikoihin hän ei vielä tiennyt, että mä käytin piikkiä sillä salasin sen alkuun. Veera oli piristävää seuraa eikä meillä ollut juurikaan epämukavia hiljaisia tilanteita, tultiin tosi hyvin juttuun. Muistan meidän ensisuudelman baarissa. Me oltiin tupakkakopissa ja hän oli selkä seinää vasten ja mua jännitti aivan älyttömästi mutta lopulta rohkaistuin vain yhtäkkiä suudella häntä.

Tapasimme marraskuun alussa ja joulukuun alussa hän lähti Thaimaahan ja tuli jouluna takaisin. Sinä aikana, kun se oli Thaimaassa me juteltiin Messengerissä ja silloin päätin kertoa, että mulla on vahvoja tunteita häntä kohtaan. Kun kirjoitin miten upea flikka se on ja kaunein nuori nainen mitä mä olen nähnyt ikinä, hän alkoi itkeä ja lähetti kuvan minulle missä näkyi, kuinka liikuttunut hän oli ja sanoi että kukaan ei ole ikinä ennen sanonut niin kauniita asioita sille.

Kun Veera tuli takaisin Suomeen se tuli melkein saman tien mun kämpille ja siitä lähtien hän oikeastaan olikin aika lailla mun kämpillä. Alettiin siis seurustelemaan aika pian. Uutenavuotena oltiin virallisesti yhdessä. Oltiin aika pilvilinnoissa ja nautittiin toistemme seurasta niin paljon että tuskin oltiin erossa hetkeäkään. Kun keskusteltiin alkuun, hän kertoi käsiensä arpien tarinan. Hänellä oli kädet ihan täynnä viiltoarpia ja kertoi olleensa yläaste-aikana puolisen vuotta Kellokoskella ja että häntä oli kiusattu koulussa niin kauan kuin hän muistaa. Veera oli jotenkin erilainen, ja mä ymmärsin sen kivun arpien takana, olinhan minäkin viillellyt itseäni joskus. Kovia kokenut jo liian nuorena. Juteltiin yöt läpi ja mä aloin avautumaan kanssa itsestäni.

Veera on ollut toinen kahdesta ihmisestä, jolle olen avautunut täysin koko elämäni aikana. Sinänsä vähän pelottavaa että joku tietää susta aika lailla kaiken, mutta luotan vieläkin ettei hän käyttäisi mitään sanomaani minua vastaan, luotin häneen sataprosenttisesti. Kaikki toimi täydellisesti. Meillä oli jokin yhteys.

Kun oltiin puhuttu paljon keskenämme mulla tuli sellainen olo, että mä tunnen sen jostain aikaisemmasta elämästä tai jotain ja hän oli samaa mieltä. Oltiin täydessä lovessa. Kerroin sille, että se oli kaikkea mitä mä olen ikinä halunnut. Rakastin kaikkea hänessä. Se oli täydellistä. Hän meni kaiken muun edelle mun elämässäni.

Yksi päivä hän tuli luokseni ja ilmoitti että sai tänään keskenmenon. Eihän se kivalta tuntunut. En ollut aikaisemmin ajatellut, että se voi tuntua miehistäkin niin pahalta, veti hiljaiseksi. Se olisi muuttanut kaiken päälaelleen meidän elämässä. Totta kai mä olisin halunnut pitää sen. Kuitenkin vanhat asiat elämästäni tuli seuraavana vuotena rasittamaan kaikkea.

Mua oli kusetettu 2011 todella rankasti sillä se Heikki oli väittänyt, että olin mennyt sinne Thaimaahan yhden psykopaatin rahoilla. Tämä oli se asia, joka piti muistaa. Yksityiskohtiin menemättä mun hengellä oli leikitty siihen malliin, että yksi Suomen vaarallisimmista miehistä tuli ovelleni. Kutsuin hänet sisään ja juotiin punaviiniä ja juteltiin eikä meidän sitten tarvinnutkaan selvittää juuri asioita sillä yksi ystävistäni oli jo ottanut minusta selvää että miten asiat oli mennyt ja täten taannut minut, että puhun totta. Tämä tyyppi sitten sanoi että "kiva Sami kun sä olet tollanen normaali, sä et ole mikään hörhö".

Samoihin aikoihin se yksi linnajätkäystäväni pääsi linnasta kanssa pois. Aluksi se oli ihan kiva juttu ja me kaikki tuettiin sitä aloittamaan uuden elämän, mutta hänestä oli vielä tulossa paljon ongelmia monelle, varsinkin Veeralle ja minulle.

Meillä oli oikeastaan sellanen oma porukka, joka piti aika lailla yhtä mutta enpä olisi arvannut, että kaikki kääntyy minua vastaan uudestaan; minut ryöstettiin kahden kaverin toimesta. Kaikki elektroniikka ja vinyylilevyt jne. Jopa Creeper-kengät ja nahkarotsit vietiin. Mua hakattiin ja vedettiin kolme kertaa "klik" päähäni mutta ase ei toiminut. Mä mietin vaan että jos sieltä piipusta nyt jotain tulee, niin sitten tulee, mä en voi sille nyt mitään.

Sinä kesänä oli vielä lisäksi se välikohtaus meidän pihalla joka pääsi Iltalehteenkin ja riidat olivat pystyssä. Siitä tarkemmin myöhemmin. Veeraa oli pelottanut se tilanne aivan älyttömästi. Ei se ollut kokenut ikinä noin uhkaavia tilanteita ja siksi alkoi kärsimään psyykkisesti.

Noh se mun ryöstö oli liittynyt vanhaan velkaan exälleni, kun se lainasi mulle rahaa, kun käytiin Thaimaassa enkä ollut pystynyt maksamaan takaisin pienistä rahoistani. Mä olisin maksanut seuraavalla viikolla eläkkeestäni mutta nämä oli ringissä jo miettinyt mitä kaikkea ne haluavat minulta itselleen. Kaverini kertoi myöhemmin, että tällainen kokous oli pidetty ja miten exäni oli halunnut vinyylilevyni koska ajatteli sen satuttavan mua eniten.

Se ryöstö vei mut jonkinlaiseen selviytymistilaan, joten aloin kyselemään haulikkoa ihmisiltä siltä varalta, että asia ei jäisi pelkkään ryöstöön. Poliisille puhuminen asiasta ei ollut vaihtoehto, asiat olisi vain pahentunut entisestään, vaikka olihan se törkeä aseellinen ryöstö. Kävin sulkemassa pankkitilini silmä mustana, kun oli uhattu, että multa viedään kaikki tulot vuoden ajan. Veera järkyttyi tästäkin episodista koska hän tuli juuri kesken ryöstöä kotiin omilla avaimillaan ja näki kaiken.

Lopuksi tapasin tämän "kaverin" ja sovittiin että nähdään seuraavalla viikolla ja neuvoteltiin asiat kuntoon ja annoin ensimmäisen erän velkojen hoitamiseksi. Sitten tapahtui sen linnakaverin murhayritykset, jotka pääsivät Alibiinkin ja joihin emäntäni oli huijattu kuskiksi. Ihmettelin kun Veeraa ei saanut millään kiinni puhelimella ja ilta vaihtui yöhön. Mietin jo, että pitääkö mun tehdä katoamisilmoitus. Yritin soittaa koko yön sille, mutta Veeraa ei kuulunut mistään. Aamulla mä järkeilin, että kun se kerran meni viimeisten tietojen mukaan tapaamaan sitä mun kaveria, joka pääsi linnasta silloin, niin päättelin että ne on joutunut johonkin ongelmiin ja Veera on todennäköisesti putkassa ja pääsee sieltä iltapäivällä, ja niinhän se kotiutuikin iltapäivällä.

Se oli ihan rikki sieltä tullessaan. Olikohan se edes ikinä ollut ennen putkassa ja nyt sitäkin epäillään kolmesta murhan yrityksestä. Huomasin että se oli todella stressaavaa sille, vaikka kuinka yritin sanoa sille, että kyllä sieltä tulee syyttämättäjättämispäätös, kun poliisitkin tajuavat, ettei se tiennyt asiasta mitään. Kaikki tämä alkoi syömään meidän parisuhdetta.

Loppusyksystä 2016 me päätettiin ottaa etäisyyttä kaikkiin epäterveellisiin ihmissuhteisiin ja muutettiin uuteen kämppään yhdessä tarkoituksena aloittaa uusi helpompi elämä. Me molemmat taidettiin olla vähän sekaisin tästä kaikesta. Mä en voinut hyvin eikä Veerakaan minkä se kertoi vasta myöhemmin minulle. Vanha kaveri Juha otti yllättäen yhteyttä ja alkoi käymään meillä välillä. Kerran tulin kotiin kun olin vienyt pari kaveria viereiseen kylään autolla ja kotona odottikin yllätys. Juha polttamassa röökiä liesituulettimen alla ja Veera tiskasi. Muistan miettineeni, että mitä vittua Juha täällä tekee? Silloin jo mulla tuli epäilyksiä Juhasta ja Veerasta, joten siitä lähtien "ratsasin" Veeran kännykän välillä, kun se nukkui ja huomasinkin puheluita ja viestejä Juhalta. Tapaamisia, joista ei mainittu minulle sanallakaan. Kun kysyin seuraavana päivänä että "mitäs Juha tiesi?" niin Veera meni vähän hämilleen. Se oli huono merkki.

Suhteemme ei enää ollut siis oikein terve, kun joutui epäilemään toista jostain syrjähypyistä. Lopulta kämppä osoittautui homekämpäksi ja muutettiin pois taas uuteen asuntoon. Kämppä oli Veeran nimissä, mikä tarkoitti sitä, että KUN asiat menevät vituiksi niin minä joudun kävelemään. Mutta mä olin sinisilmäinen hölmö, kun miettii, miten kaikki meni.

Aluksi meni ihan hyvin ja tuli kevät. Laiteltiin kämppää mutta siitä tuli enimmäkseen hänen kämppä ja hän määräsi mitä laitetaan ja minne. Mä aloin voimaan psyykkisesti aika huonosti. Näin ja kuulin harhoja ja koko mieleni valtasi dominoiva ajatus, että joku tulee ja tappaa minut. En pystynyt välillä edes menemään takapihalle ja verhot piti olla kiinni koko ajan.

Sitten meillä tuli kriisi hänen kanssaan ja hän sanoi haluavansa vähän aikaa ajatella, joten mä lähdin kavereilleni pariksi päiväksi. Sitten seuraavana päivänä se pudotti pommin niskaani ja sanoi että me erotaan ja että se ei enää rakasta minua. Mä murruin täysin ja menin mutsin luo pariksi päiväksi. Siellä mä purskahdin täyteen itkuun ja totesin että kaikki menee TAAS... Parin päivän jälkeen Veera kuitenkin soitti minulle ja sanoi että voin tulla takaisin "kotiin" ja että ei se voi heittää mua tosta vaan kadulle. Hyvä niin sillä mulle tuli jo pahoja ajatuksia, että ryöstäisin vaikka kaupan, jotta pääsen pois täältä. Se tapahtuma sekoitti mun pääni aika pahasti. Se että Veera, joka oli mulle kaikki kaikessa, sanoo yhtäkkiä, ettei enää rakasta mua. Ne sanat kaikui mun päässä monta monta kuukautta. Palasin siis hänen kämppäänsä mutta mä menin jonkinlaiseen tilaan pitkäksi aikaa ja aloin rykimään piriä aika lailla. En muista läheskään kaikkea siitä kesästä ja syksystä. Vedin kamaa niin paljon että lopuksi huomasin olleeni vitunmoisissa veloissa eikä maksuaikaa ollut kuulemma enää. Velka oli kasvanut niin isoksi, etten millään pystynyt hoitamaan sitä.

Silloin tuli ajatus, että lähden pois ennen kuin sattuu. Sitten seuraavana yönä Veeran kämpillä oli käyty keskellä yötä kyselemässä minun ja rahojen perään. Enpä osannut arvata, että ne sinne menevät. Häntä oli pelottanut todella paljon minun takiani. Niillä oli ollut kynäpistooli ja jos minä olisin ollut paikalla mua oltaisiin varmaankin ammuttu ainakin polveen sillä.

Niinpä Veera laitettiin maksumieheksi. Olin aivan rappiolla. Vuokriakin jäi maksamatta mutta hän pelasti minut kuittaamalla velkani asuntosäästöillään. Ei ole koskaan hävettänyt yhtä paljon kuin tuo minun moka, missä toiset joutuivat kärsimään minun takiani. Loppukesästä oltiin jo puhuttu vähän, että erottaisiin mutta asuttiin vielä saman katon alla.

Etsin asuntoa muualta ympäristöstä, tahdoin pois vanhoista kuvioista ja korjaisin kaiken mikä oli vielä korjattavissa. Sitten kävikin ilmi, että Veeralla oli ollut koko ajan suhde sen Juhan kanssa. Selasin Veeran Messengerin hänen läppärillään ja siellä olikin juuri käynnissä keskustelu, jossa sovittiin seksitreffit spiidiä vastaan. Tekeekö se Veerasta pirihuoran? Oli ällöttävää lukea se keskustelu reaaliajassa, jossa läheteltiin perseen kuvia jne. Niin paljon se mua sitten rakasti, että en edes kerennyt muuttamaan pois, kun jo haluttiin toista miestä. Aina kun otti puheeksi asian hänen kanssaan en saanut ikinä suoraa vastausta, että pettikö hän minua pidemmän aikaa Juhan kanssa. Ällöttävää.

7

Kun me erottiin Veeran kanssa ja minä yritin saada elämääni kuntoon kaiken sen sekoilun jälkeen, mun oli käännettävä kaikki ylösalaisin mun elämässä. Muutin toiseen kaupunginosaan omaan kämppään ja kun vihan tunteet hälveni, alkoi ahdistus ja paniikkikohtaukset. Lopetin päihteet kokonaan, söin terveellisesti ja aloin lenkkeilemään. Tavoitteena ainoastaan saada elämäni kuntoon ja Veera takaisin elämääni.

Mä kaipasin sitä niin vitusti ja sain itkukohtauksia välillä monta tunnissa. Sätkin ahdistuksessani sohvalla monta viikkoa, kun ei ollut rauhoittavaa lääkitystä jota he eivät psykiatrisella halunnut minulle antaa. Mutta enhän mä ilman niitä pärjännyt millään. Kaipuu ja omat hölmöilyt painoi mua niin pahasti, että ei siihen ahdistukseen kävelylenkkikään auttanut kuin aivan hetkellisesti. Mutta kuitenkin tein sen päätöksen, että kaikki neulat ja kaikki narkkaamiseen liittyvä pois mun kämpästä ja elämä kuntoon -asenne päälle.

Kuitenkin jonkin ajan päästä soitin naapurin puhelimesta Veeralle itkien, että mä en kestä enää hirveen kauaa tai sitten on pakko tehdä jotain hirveetä, että pääsee pois täältä, vaikka linnaan. Niin huonosti alkoi menemään, että tuntui että linna alkaa olemaan ainoa vaihtoehto. Hän sanoi miettivänsä asioita hetken aikaa ja soittaa sitten kun tietää mitä sanoa.

Mä odotin monta viikkoa sohvalla sätkien ja itkien mutta tuota puhelua ei koskaan tullut. Sitten mä olin jo siinä tilassa, että jalat laahasivat ja olin vaan täysin murtunut ja Veera toi jotain mun pyyhkeitä alaovelle. Mä kysyin hiljaisella murretun miehen äänellä, että voisko ne käyttää mua hakemassa edes röökiä. Se ei käynyt koska hän sanoi, että hänellä on treffit johon exäni oli häntä juuri viemässä. Juuri samainen exä, joka laittoi ne kaverit ryöstämään minut aikaisemmin. Se oli viimenen niitti, käännyin ja kävelin sisään allapäin.

Mä en voinut millään käsittää, että se vaan luovutti meidän suhteen noin. Mä olin odottanut, että se soittaisi mulle ja hitaasti korjattaisiin asiamme ja palattaisiin yhteen. Mutta tuosta vaan se jätti soittamatta ja oli nyt menossa treffeille! Kämpässäni mulla meni viimeinenkin toivon kipinä ja ilmoitin että "hyvästi vaan, tää on niin paska maailma, ettei mitään rajaa... nyt mä tapan itteni" "Nyt mulle riitti". Kävin ekan tyttöystäväni kanssa Messengerissä keskustelun, jossa sanoin, että "mä olen valmis lähtemään", että mä lopetan mun matkani tänä yönä. Se yritti mun päätäni kääntää mutta mä olin jo menettänyt kaiken toivon.

Yön tunteina mä sitten hain keittiöveitsisarjan olkkarin pöydälle ja aloin katselemaan terävimpää veistä. Sitten ei muuta kuin ranne auki. Olisi saanut olla vähän vielä terävämpiä veitsiä. Sain kuitenkin aikaan 7,5 senttiä pitkän haavan vasempaan ranteeseeni ja verta oli jo iso lätäkkö siinä olkkarin lattialla.

Muistan ajatelleeni, että jos yritän vuotaa yhteen kohtaan niin jonkun on helpompi siivota. Kertoo vähän mun mielialasta. Sitten kun juuri olen vetämässä oikeaa rannettani ovikello soi tiheästi monta kertaa. Noh, menin sitten katsomaan, kuka siellä on. Piilotin vuotavan käteni taakseni ja avasin oven ja kukas siellä. Poliisit. Exäni oli ilmoittanut mutsilleni mun jutuista ja mutsi oli herännyt yöllä pahaan oloon ja soittanut kytät mun kämpille.

Kytät varmistivat, että kuka mä olen ja pyysi tulla sisälle. Mä sanoin että "Ei se nyt oikein käy, mulla on tässä jotain vähän kesken". No ne tuli silti enkä ole ikinä nähnyt poliiseja sellaisena, kun ne tuli kämppään. Miettikää synkkä kämppä missä on vaan tv päällä ja iso verilammikko ja veitsiä pöytä täynnä, ja se mun asenne, kun olin niin kyrpiintynyt, että mut tultiin keskeyttämään kesken kaiken. Ne olivat vähän nuorempia kyttiä ni en tiedä olikohan se kovinkin uusi juttu niille nähdä sellaista.

En pistänyt mitenkään hanttiin eli sitten vaan käsi yläasentoon, pyyhe ympärille ja ambulanssia odottamaan alaovelle. Sairaalassa ne sitten tikkasi sen, en muista kuinka monta tikkiä tuli mutta aika monta. Sitten se virolainen lääkäri yritti keskustella mun kanssa. "Miksi sinä viiltää ranteesi?" vastasin "huvikseni" ja sanoin haluavani vain kotiin. Lääkäri sitten otti mut uhkaavana ja soitti poliisit ja matka Kellokoskelle sai alkaa. Poliisisaattueessa Kellikselle, voi vittu!

Siinä matkalla haukuin sen kytän ihan pataluhaksi muuan muassa sanoilla "Te ootte pahimpia paskoja mitä täältä maailmasta löytyy". Jouduin eristyksiin aggressiivisuuden takia Kellokosken mielisairaalassa pariksi päiväksi. Siellä mä heittelin patjaa pitkin poikin. Ne katselivat kamerasta "miten mä käyttäydyn". Eihän siellä voinut muuta kuin nukkua. Pari päivää ne piti siellä, kunnes ne katsoivat, että olen rauhoittunut ja pääsin osastolle.

Olin joku viisi päivää osastolla ja sitten ne päästivät mut pois. Heti sen jälkeen mä kävin frendillä, joka oli juuri lopettanut kaman vetämisen, jolle mä sanoin että "jos sä lopetat, ni sitten mä rupeen nyt narkkaamaan". Ja niin aloitinkin. Ei ollut enää mitään porkkanaa elämän kunnostamiselle eikä mua enää paljoa kiinnostanut, vaan täyttä höyryä eteenpäin ja mahdollisimman paljon spiidiä. Lähin hakemaan sitä viimeistä ryminää ennen kuin henki lähtee, eikä se tosiaan kovin kaukana tainnut olla useaan otteeseen. Vedin parit överit vahvasta spiidistä "Ei hassummin Sami, sun elämä näyttää tosi valoisalta".

8

Mä vedin jotain 70-prosenttista piriä tosi reippaasti. Se oli niin vahvaa, että porukka puuskutti nollaykkösistä. Itse vedin nollakolmosii ja -nelosii. Valvoin ARVIOLTA aina jonkun yli viikon verran kerrallaan, kunnes tuntui siltä, että elimistö ei kestä enää sitä rääkkiä. Niin kauan, että tuntui että nyt lähtee henki. Sen piti olla mun viimeinen "RYMINÄ". Sekoilla minkä kerkeää ennen kuin henki lähtee.

Mä tilasin neljällä tonnilla elektroniikkaa verkkokaupasta ilman luottotietoja, niin teki moni muukin, kun tästä firmasta lähti huhut liikkeelle. Tilasin muun muassa uuden älyluurin, jonka kanssa mä leikin todella aktiivisesti. Mähän löysin seksiseurasivuja, joissa oli halukkaita naisia PALJON, osa huoria tietenkin, anteeksi... seksityöntekijöitä. Vedin spiidiä todella reippaasti ja juttelin niiden huorien kanssa paljon, ja mä menin lopulta sitten kamapsykoosiin ja mun pään sisälle kehittyi ihan oma maailma missä mä näitä huoria tapasin ja joiden kanssa juttelin. Vähän ku se Habbo Hotel vai mikä se oli joskus

netissä, silleen mä näin ne meidän keskustelut ja tilanteet. Hämärää.
Tuijotin vissiin niin paljon putkeen älyluurin näyttöä, että multa meinasi lähteä näkö. En pystynyt lähettämään edes tekstiviestiä, kun silmät olivat niin solmussa. Jossain vaiheessa mä aloin havahtuilemaan kämpässä että "missä vitussa mä oikein olen???". Meni joku vartti, kunnes mä tajusin, että mähän olen himassa. Takit lähtivät lentoon sängyn päältä ja aivan helvetin iso kalkkarokäärme kietoutui kerälle silmieni edessä. Käärmehän tietää hyvää, tiedetään kyllä. Taisin aavistaa, että mä kuolen pian ja josta alitajuntani nyt antoi merkkejä.
Kaveri soitti minulle ja kuuli heti, että nyt ei Samilla ole kaikki kunnossa. Ei mua pelottanut tai mitään sellaista. Mähän halusin sitä ja muistan nauttineeni siitä tilasta suuresti. Noh se tuli kuin salama paikalle toiselta puolelta kaupunkia kämpilleni parin lähihoitajakaverinsa kanssa. Ne yrittivät syöttää mulle jotain kuivaa ruisleipää, kun ties koska viimeksi olin syönyt mitään. He olivat huolissaan kissastani mutta olin mä ihme kyllä pitänyt siitä huolta.

Mun kännykkä oli täynnä kuvia huorista, joita olin aiemmin tilannut kotiini ja muita pillunkuvia, joita ne olivat mulle lähetelleet. Mä olin mennyt niin syvälle siihen maailmaan ja muistan näyttäneeni niitä kuvia kaverilleni ja kysynyt että "Onko tää kaikki totta? Vai onko tää kaikki vaan mun päässä???". Olin siis menettänyt todellisuudentajuni. Olin todella pahassa amfetamiinikoukussa ja olin ilmeisesti sekaantunut jonkinasteiseen prostituutiorinkiin. Kaveri sanoi, että totta ne kaikki on. Lopuksi tilanteen arvioituaan kaverini pakkosyötti minulle suussa sulavia antipsykoottisia lääkkeitä, Olanzapineja. Hän työnsi ne suuhuni ja piti molemmin käsin suutani kiinni, kunnes ne sulivat. Hetkeksi mä kiivastuin ja käskin niitä painumaan vittuun mutta lepyin nopeasti. Noin tunnin päästä pääni alkoi nuokkua ja lopuksi tipahdin erittäin syvään uneen. Nukuin kahdeksan päivää putkeen välillä heräten syömään vähän ja juomaan sekä käymään vessassa. Jumalauta mä olin väsynyt!!! Kun rupesin virkoamaan, huomasin pöydällä paperiviestin kaveriltani, joka kertoi heidän käyneensä ja pudottaneen mut lääkkeillä uneen, sekä pyyntö että soitan kun herään. Sitten varmaan joku kolme päivää selvinpäin ja sitten koko paska uudestaan! Myin pleikkarit ja pari TV:tä sekä muuta elektroniikkaa tänä aikana, tilailin huoria ja vedin kamaa... That´s fuckin Rock´n´roll!!!

9

Naapurini kertoi, että poliisit olivat välillä mun oven takana vaan kuuntelemassa kämpän ääniä. Hämärää, mitä vittua ne oikein siellä hiippailevat. Antaisi ihmisten sekoilla rauhassa! Naapurini tunnisti aina poliisin auton äänen pihalla ja katsoi ovisilmästä, kun ne kikkailivat siellä käytävällä minun oveni takana.

Muistan jossain vaiheessa, kun nukuin että oveani olisi koputettu hyvin hiljaisesti. Kun katsoin kelloa, se oli jotain puoli viisi aamuyöstä. Mua siis houkuteltiin ovelle. Siihen aikaan kaikki psykopaatit vainoavat uhrejaan, kun tuleva uhri on syvimmässä unessa.

Joitakin viikkoja myöhemmin olin naapuritalossa käymässä ja sen kämpän isäntä, joka oli kaverin faija ja josta oli tullut minulle jonkinasteinen ystävä myös, lipsautti yöllä asioita, joista tajusin, että jotain on meneillään ja mun "kaveritkin" on juonessa mukana. Mun henki oli siis uhattuna. Kun sitten kauppareissulla seuraavana päivänä kuulin vihellyksiä talojen välistä kun poistuin kotoa, sekä takaisin tullessa huomasin seuraavan punaisen auton reitin varrella, tajusin että tänään on se päivä. Päivä, jona minä kuolen. Olihan minut uhattu tappaa kuukausia aiemmin.

Soitin Veeralle ja kerroin että tämä on se päivä jota olin odottanut. Eihän se kivalta tunnu tajuta sellaista. Illalla tai yöllä kerrostalojen seinistä kaikui matala pakoputken ääni ja ikkunasta kurkistaessani pihalle huomasin tumman auton katsovan, onko kämpässäni valoja päällä. Eihän valot olleet päällä sillä tiesin jo päivällä, että tänään se tapahtuu.

Yöllä kuuntelin rappukäytävän ääniä puukko kädessä väliovi kiinni. Selviytymisvaistot löivät lujaa päälle. Menin kylpyhuoneeseen ja vedin todella ison vedon amfetamiinia ja pyysin naapuria pitämään silmällä rappukäytävää.

Sitten se alkoi. Lukkopesääni pyöriteltiin, tiirikoitiin ja postiluukkuani sörkittiin. Pitkästä aikaa tunsin suurta pelkoa ja ahdistusta sillä minulla oli vain kääntöveitsi suojana. Olin yrittänyt varustautua tällaiseen tilanteeseen hommaamalla "putken", eli haulikon. Yritin sitä hommata edellisenä yönä, josta ehkä viholliseni olivat kuulleet ja siksi päättivät juuri nyt lähteä "hakemaan minua", ennen kuin saisin sen putken.

No "he" tai joku eivät päässeet sisään ja tunnit venyivät sinne aamuseitsemään. Sen yön aikana he kävivät ovellani pari kertaa. Ei mikään alaoven lukko tai käytävän kamerat estä tällaisia miehiä. Aamulla pääsin pois kämpästä ja menin ensimmäisen tyttöystäväni luokse. Hän oli ainut, johon luotin siinä tilanteessa, hänen luotaan jatkoin matkaa turvalliseen paikkaan.

Olin nyt turvassa, mutta kotiini en voinut enää mennä lähellekään enää ikinä. Otin yhteyttä sosiaalityöntekijään, jota pyysin auttamaan löytämään minulle jonkin turvallisen paikan, tai oikeastaan minkä tahansa paikan paitsi mielisairaala. Kaikki oli mennyt. Rahat, Veera, maine, jäljellä oli vain paskanpuhujia ja vihamiehiä.

Pakkasin siis vain tarvittavat vaatteet ja läppärin ja hyppäsin junaan. Ihan kaikki oli mennyt niin solmuun etten voinut luottaa enää kehenkään, kun tajusin osan kavereistani olevan mukana minun murhasuunnitelmissa ja loput ketkä tiesi mitä on tuleman, pitivät suunsa kiinni, eikä varoittanut minua, paitsi yksi vanha frendi sanoi, että tämä

Heikki hakee minua ja hänellä on taustajoukkoja mukana. Hyviä frendejä mulla. Keneenkään ei voi luottaa nykyään.

Rumat Ihmiset

Tämä tarina kertoo Teposta, Mervistä, Nikosta, Marista ja minusta. (Nimet muutettu).

Teppo ja Mervi olivat yhdessä. Mervillä oli yksi lapsi aiemmasta suhteesta ja yhteinen lapsi Tepon kanssa. Mervin aiempi suhde oli ollut aivan kamala. Kun se kertoi niitä juttuja mulle, teki aina pahaa kuunnella. Tunsin pahaa oloa ja vihaa sitä jätkää kohtaan sen vuoksi, miten se oli Merviä kohdellut heidän suhteessaan. Yksityiskohtiin menemättä se jätkä oli ihan psyko.

Kun kerran Mervi avautui niistä ajoista, mä kuuntelin loppuun asti keskeyttämättä, sitten mä hetken päästä sanoin että "Kuule Mervi, tehdäänkö niin että mä voisin mennä tapaamaan sitä jätkää eikä siitä sen jälkeen ole enää harmia". Mervi oli läheinen ystävä minulle, joten ehdotin noin. Mervi vastasi että "En mä halua, että sä joudut ongelmiin tai linnaan". Vastasin siihen "Ongelmiin??? Linnassa??? eihän siellä voi joutua ongelmiin, siellähän on muurit ympärillä".

Kuitenkin Teppo oli minun paras kaveri/ystävä jopa veli eikä mikään helpoin ihminen. Teppo oli oikeastaan narsistinen manipuloija narkomaani, eli ei mikään paras lasten isä Mervin muksuille minun mielestä. Teppo oli joskus viisikin päivää poissa omilla reissuilla ja Mervi sai hoitaa kaiken kotona yksin. Mervi ei edes päässyt mihinkään käymään enää koska oli niin hankalaa lähteä muksujen kanssa, kun Teppo touhusi omia bisneksiään ja narkkasi, vaikka yrittikin hyvin piilotella, kuinka paljon se oikeasti vetää kamaa.

Teppo ja Mervi elivät eri maailmoissa eivätkä olleet onnellisia. Teppo ei osannut edes pukea omaa muksuaan, kun oli pihalle lähdettävä talvella. Yksi surullinen esimerkki Tepon käyttäytymisestä kotona oli se, että Teppo oli jäänyt kotiin katsomaan muksuja, jotta Mervi saisi vihdoin vapaa viikonlopun ja pitää hauskaa. Kotiin yöllä tullessaan mitä Mervi näkeekään olohuoneessa. Teppo nukkuu sohvalla ja heidän nuorin muksu leikkii olohuoneen lattialla. Olohuoneen pöydällä oli ollut lautanen, jossa oli amfetamiini viivoja täysin lapsen ulottuvissa. Vittu miten noloa! Mä olisin heittänyt Tepon ulos kämpästä välittömästi, eikä olisi tarvinnut tulla takaisin!

Kuitenkin lopulta kuulin, että he olivat eronneet ja jonkun ajan päästä kuulin, että Teppo oli yllättäen hypännyt suhteesta suhteeseen exäni Marin kanssa. Se suututti minua, sillä Teppo laski joskus "leikkiä", että "pantiinhan me jo Marin kanssa sillon, ku te olitte vielä yhdessäkin". Sika varmaan puhui vielä totta, vaikka oli laskevinaan leikkiä. Sairasta. Olin tuohtunut ja yksi Tepon ja minun yhteinen ystävä kysyi minulta sitten että "olisiko se ollut

parempi, jos Teppo olisi kysynyt lupaa minulta ensin?". No olisi ollut! Ja vielä lisäsi, että en mä voi omistaa ketään ihmistä. Sitäpaitsi kavereitten muijiin ei kosketa, vaikka olisi eronnutkin jo, perussääntö miehillä mun mielestä. Mäkään en ollut ikinä edes ajatellut mitään kaveria enempää ystävästäni Mervistä, vaikka hän olikin viehättävän näköinen blondi, koska se oli kaverin muija. Yksinkertaista.
Mari oli perheenrikkoja. Se oli vielä lähettänyt viestiä Merville missä se kertoi kuinka rakas ja tärkeä ystävä Mervi oikein on Marille. Noh, kun Mervi sai kuulla tästä petoksesta, hän vaipui syvään vihaan, ihan syystäkin! Mutta ajan kuluessa Mervi alkoi olemaan Tepon ja meidän kaikkien ystävän Nikon kanssa. Niko oli myös narkomaani. Vittu me kaikki oltiin.
Mervillä oli ilmeisesti ADHD johon Teppo ennen "lääkitsi" Merviä amfetamiinilla silloin tällöin. Vitun fiksua tyrkyttää oman muksun äidille piriä, hyvin teppomaista. Sehän on ratkaisu kaikkeen ja perhe voi todella hyvin, kun molemmat käyttävät. Kun Niko tuli kuvioihin hän hommasi Merville myrkkynsä, joten ei paljoa parempaan suuntaan mennyt Merviä

ajatellen. Niko tuli hyvin toimeen lasten kanssa toisin kuin Teppo. Niko rakastui Merviin syvästi ja jopa aikoi muuttaa kaiken paremmaksi, jotta heillä olisi yhteinen tulevaisuus.

Teppo kun kuuli että Niko pyörii Mervillä, se pisti Tepon vihaksi. Mutta eihän ketään voi omistaa! Niinkuin mulle sanottiin, kun Teppo alkoi olemaan mun exän kanssa, tekopyhää paskaa...

Niko meni vieroitukseen ja sillä aikaa Teppo olikin jo palaamassa Mervin luokse. Täytyy muistaa, että Teppo on hyvä pelaamaan mieli pelejä ja manipuloimaan ja Mervi oli heikko. Nikon tullessa pois vieroituksesta Teppo olikin jo palannut "perheensä" luo ja Niko jäi tyhjän päälle. Ei Nikolle annettu edes mahdollisuutta. Tämä toistui muutaman kerran, kaikki meni edes sun takaisin pariin otteeseen.

Mervin lapset pitivät enemmän Nikosta koska Niko osallistui heidän kanssa touhuamiseen enemmän ja muutenkin oli jotenkin PAREMPI, ei paras miehen malli muksulle. Lopuksi sanoin Nikolle, että jos mä olisin se, niin mä yrittäisin vaan unohtaa Mervin, koska näytti siltä, että Mervi käytti Nikoa vain koston välineenä Teppoa loukatakseen.

Minulla oli mennyt sukset ristiin Tepon kanssa jo sinä aikana, kun yritin palautua pitkästä psykoosista 2015. Myöhemmin kuulin yhteiseltä kaverilta, miten he olivat yhdessä suunnitelleet minun ryöstämistäni ja mitä kaikkea he halusivat minulta itselleen. Exäni Mari kuulemma halusi minun vinyylilevyt koska ajatteli että se satuttaisi minua eniten. Niin sitä vaan ringissä mietitään mitäköhän mä haluaisin siltä, kun me pistetään "nuo" ryöstämään se. Ja niinhän minut ryöstettiinkin aseella uhaten ja väkivaltaa käyttäen. Ei kiva.

Lopulta Niko päättikin unohtaa Mervin ja Mervin olohuoneessa taitaa olla nytkin tuo sika, joka luulee voivansa tehdä mitä vain ja aina vain palata tai sopia asiat niin että kunhan hänellä on katto pään päällä ja asiat hyvin, vaikka kuinka heilaa vaihtaa edestakaisin. Teppo Teppo Teppo... Tuo mies, joka on ryssinyt ihan kaiken elämässään. Tuo mies, joka oli ennen minun paras ystäväni ja joka kääntyikin minua vastaan, kun olisin eniten tarvinnut apua.

Kukaan näistä ihmisistä ei merkkaa minulle enää mitään kaiken paskan jälkeen. Miten Teppo kohteli kaikkia, miten Mervi kohteli Nikoa, Miten Mari kohteli Merviä ja minua. Mari vielä lesboili exäni Veeran kanssa Tepon jälkeen!

Kaikki samaa paskaa ketkä vaan nussii toisiaan ja vetää kamaa minkä kerkiää. Sairaat on kuviot enkä edes maininnut kaikkea... Mä lähdin pois lopulta ja elämään päihteetöntä elämää muualle enkä taida miettiä enää näitä vanhoja kuvioita sen enempää vaan katse eteenpäin...

Outro

Näin lopuksi tekstejä tarkkaillessa tekee sellaisen huomion, että rakkaus elämässäni on ollut lopuksi aina onnetonta ja häviävää, mutta jää sieltä hyviäkin muistoja. Muistoja, jotka tuskin enää toistuvat läheskään samankaltaisina, tai tasoisena.

Suhteita on ollut useita mutta jokainen on päättynyt surullisesti ja niihin nämä kirjoitukset enimmäkseen keskittyvätkin. Näyttäisi siltä, että minun aikuisiän elämäntapahtumien näkemys on parisuhteet, jotka yksitellen ja vuorollaan lopuksi aina kaatuvat syystä tai toisesta.

Miten mun hengen kanssa on leikitty niin käärmemäisesti ja miten sinne sopii kaksinaamaisuutta ja selän takana kieroilua mutta olen päättänyt, että jätän ne taakseni pikkuhiljaa jo ja rupean katsomaan eteenpäin uusin silmin ja uudella alulla, jonka olen laittanut aluille nyt.

Voisi sanoa, että olen ollut niin sanotusti jonkinlaisessa kirouksessa noin kahdeksan vuotta, siitä asti, kun eka parisuhteeni päättyi ja aloin sekoilemaan päihteiden kanssa ja eksyin väärään seuraan. Mutta oli siellä tasaisempiakin hetkiä sekä onnea, ja välillä pitkiä jaksoja silkkaa helvettiä.

En tiedä miksi mulla on jonkinlainen tarve kirjoittaa nämä asiat paperille, ehkä enimmäkseen selvittää itselleni mitä oikein tapahtui siinä ja siinä asiassa mutta ehkä osaksi myös siksi että joku voisi lukiessaan omaksua jotain itseensä ja elämäänsä eikä tehdä samoja virheitä kuin mitä minä olen tehnyt.

Kokemusteni mukaan elämä voi olla hetken pala taivasta ja hetkessä se voi muuttua täydeksi kurjuudeksi, ja tosiaan silkaksi helvetiksi. Olen kuitenkin nyt päättänyt, että tämä alamäki saa luvan loppua. Vaikka monet asiat ovat jättäneet syvät arvet päähäni on vain pakko lopulta vaan uskoa huomiseen, vaikka päivä kerrallaan eikä luopua toivosta.

Elämä voi muuttua arvaamattomalla tavalla ja saada käännekohdan, joka muuttaa koko elämäsi ja josta ei selviä ilman apua.

Olen tottunut ennen selviämään loppujen lopuksi yksin kaikesta ja se on yksinäinen ja kivulias polku sillä tuntuu, että lopulta kaikki aina häviää ympäriltä, siltä se ainakin on tuntunut. Ehkä nyt pikkuhiljaa löytäisin oman paikkani, jossa on hyvä olla ja aitoja ihmisiä ympärilleni, jotka ei kieroilisi ja yritä kaataa minua, kun jo valmiiksi kävelen heikoilla jäillä.

Tämä paikka voi olla helvetti tai taivas ja kaikkia sävyjä siltä väliltä ja ei siinä mitään, se on elämää. Mutta vaikka elämä voi potkia välillä maahan, sieltä on vaan pakko aina nousta loppujen lopuksi, et sä vaan voi jäädä makaamaan sinne kuoppaan. Paha olokin lopulta häviää. Mutta moikka vaan! Koittakaa olla ihmisiksi...

P.S

Muistakaa myös nauttia elämästä kaiken sen myrskyn keskellä, älkääkä unohtako niitä monia pieniäkin hyviä asioita elämässänne. Ne yleensä muodostavat suuremman kokonaisuuden. Eikä muisteltais liian kauaa aikaa kaikkea vanhaa paskaa, se ei ole terveellistä.

LyhytTarinoita

Osa.2

INTRO

Tämä pläjäys keskittyy minun omiin muistoihin ja omiin ajatuksiin. Mukana on hieman seksiäkin ja joitain omituisia tapahtumia, mutta enimmäkseen tämä liittyy huumeisiin ja niiden ottamiseen. (Ihan vaan tiedoksi ennen kuin alat lukemaan, ettet ala sitten nipottamaan puolessa välissä että "pelkkiä huumejuttuja, ihan lapsellista paskaa!") Kuinka moni ylipäätänsä kertoo hirveesti omia kokemuksiaan kirjoitusten muodossa tai suullisestikaan kovin ventovieraille, ei kovin moni mun mielestä. Huumeet ovat suuressa roolissa tässä koska kirjoitukset sijoittuvat enimmäkseen niihin aikoihin, kun itse vielä käytin, mutta on mukana paljon muutakin, älä pelkää.

....

....

Noh, käännä sivua vaan, ni kyllä se siitä lähtee!!!

Tervetuloa

Joskus meillä oli punaisia kranaatteja, siis essoja. Oltiin mun naapurien kanssa ottamassa vähän häppää ja tuli sitten puheeksi, että pitäiskö vetää sellaiset. Yläkerran naapurilla oli joku outo juttu muutenkin pillerien kanssa. Eli ihan sama mikä pilleri se oli, se oli saatava sisuksiin. Esimerkiksi kerran sanoin, että mulla on Levozinia kaapissa ni se välttämättä halus syödä sellaisen, vaikka kuinka yritin sanoa että "Usko mua, näitä sä ET halua syödä". Lopuksi annoin yhden, ku se kerjäs ja taisi olla mukava seuraava päivä, kaikki Levozinia syöneet tietää mistä puhun. Kuitenkin kyseisellä henkilöllä ei ollu mitään toleja aahan ynnä muuhunkaan. "Paska" pirikin toimi sillä ihan superina, oon vähän kateellinen. Mutta palataanpa aiheeseen, se siis otti yhden punaisen kranaatin. Meni joku tovi ja mä menin polttamaan röökiä ikkunan luo. Kattelin pihalle ja mietin jotain omiani, kunnes mä käänsin katseeni sohvalle missä yläkerran naapuri rupeaa näyttämään siltä että "nyt joku lähti wörkkii". Mä tsiigasin sen koko nousun, ja siis se oli sen eka esso vielä eikä ne todellakaan olleet mitään paskoja. Mulle tuli ihan vitun siisti olo, kun todistin hänen ekan essonousunsa. Se nosti jalat sohvalle ja laittoi kädet jalkojensa ympärille ja se näytti siltä, ku se räjähtäisi pian. Silloin mä menin siihen sohvalle sen viereen ja kuiskasin sen vasempaan korvaan "Tervetuloa kovien huumeiden maailmaan". Myöhemmin se sano, että se oli ihan vitun siistiä, kun mä tulin sen ekan essonousun aikana kuiskaamaan sille niin.

Deelit

Ensimmäinen happotrippini tuli vähän niin ku vahingossa. Siis ei me sitä suunniteltu ottavamme. Mentiin yks joulu naapurikylään moikkaamaan yhtä frendiä, jolta kysyttiin spiidiä. Noh ei ollut spiidiä mutta se sanoi, että lappuja on kyllä. En ollut edes ajatellut, että kokeilisin LSD:tä varsinaisesti. Katottiin vaan frendin kanssa toisiamme ja sanottiin sille, että me otetaan niitä.

Sitten me mentiin kaverin serkun luo ja kerrottiin että ei ole spiidiä yhtään mutta happolappuja ois, että vedetäänkö kaikki yhdessä elämämme

ensimmäiset laput? Oltiin kaikki sitä mieltä, että antaa palaa vaan ja vedettiin samaan aikaan kaikki laput kielen alle. Se maistui rautaiselta. Siis eihän LSD:een pitäisi maistua eikä haista millekään mutta nämä maistuivat. Eli oltiin tietämättämme otettu promoa tai dragonfly:ta. En tiedä täysin mitä eroa sillä on oikeaan LSD:hen paitsi, että nämä olivat hurjia lappuja, ei pehmeitä ja helliä kuten se ittensä lysergihapon dietyyliamidi. Nämä olivat "tietäjiä".
Meni joku tunti puoltoista ja sitten alkoi tuntua joltain. Kaikki happoa ottaneet tietää miltä se tuntuu mutta nämä olivat tosi vahvoja tietäjiä. Nimikin kertoo jotain. Muistan istuneeni tripin huipulla sohvan reunalla ja yhtäkkiä olin leijumassa avaruudessa ja tunsin olevani yhtä koko universumin kanssa. Kun tulin takaisin, mä vaan sanoin että "Nyt mä tajuan!". LSD on hengellinen kokemus! Kaikki psykedeelinen rokkaa kuin ämpärillinen apinoita.
DMT:tä en ole polttanut kuin jämät lasipiipusta ja masennus hävisi noin neljäksi kuukaudeksi salakavalasti. Kuitenkin näin happopäissäni myös viikatemiehen ja pihalla ollessamme tupakalla vuodenajat vaihtuivat todella tiuhaan tahtiin. Nämä laput wörkki ehkä

jonkun vuorokauden eikä vain sen 12 tuntia kuin normi LSD ja huippu oli paljon intensiivisempi.

Näistä tietäjistä tuli joillekin vähän huonoja trippejä. Ei huonoja trippejä ole olemassa! On vain haasteellisia trippejä. Se riippuu siitä, miten sen kaiken ottaa. Kuitenkin aamupäivällä kaikki oli alkanut lepäillä tämän ryminän jälkeen ja sitten kaveri sai tekstiviestin missä kerrottiin, että yksi kaveri on hirttänyt itsensä, jouluaattona, kun me vedettiin ekaa kertaa happoa. Se oli aikamoinen uutinen.

Ei mikään ihme, että LSD on luokiteltu kovaksi huumeeksi koska se on uhka yhteiskunnalle. Se muutti ajattelua ja laajensi tajuntaa. Sen jälkeen mä vaan tiesin, että on elämää kuoleman jälkeen, koettuani sen avaruuden ja miten olin osana paljon isompaa kokonaisuutta.

Happoja ja sieniä on vedetty jonkin verran mutta psykedeelien kuningasta DMT-trippiä en ole vielä kokenut. Sanotaan että kun vetää DMT:tä on vain päästettävä irti kaikesta ja matkata johonkin syvälle avaruuden ja ulottuvuuksien maailmaan. Monet sanoo kokeneensa kuolemanjälkeisen elämän ja kommunikoineen avaruusotuksien kanssa. Haaveenani olisi matkata Peruun shamaanin luokse kokemaan Ayahuasca jonkun toisen kanssa, jolla on sama haave. Sen aion toteuttaa vielä...

"Ei vittu kuolikse"

Minulla ja emännällä oli kunnon riita. Suurin piirtein jätettiin toisemme. Mulla oli jossain vaiheessa kääntöveitsi ranteellani tyyliin "Tätäkö sä haluat??!!". Eli aika paha meno. Sit se meni suihkuun, kun tilanne vähän rauhottu.

Mua uuvutti niin paljon, että päätin tipauttaa itteni 4-millisellä Sirdaludilla. Unohdin vaan mainita asiasta muijalleni. Olinhan valvonut jo joku kolme vuorokautta, perus shittiä.

Naikkoseni tuli vihdoin suihkusta ja mitä hänen silmät näkivätkään olohuoneen punaisella sohvalla??? Mies täysin kenossa taju kankaalla, pöydällä verinen piikki, lattialla verinen putsilappu. En ollut tainnut keretä laittaa edes tuppia vermeeseen, kun oli jo tullut nukkumatti noutamaaan. Se oli kattonu että "Ei vittu, kuolikse?". Sit se oli tullu läpsimään mua naamaan ja hereille mutta mä en ollut reagoinut millään lailla, kuulemma kysyäkseen, että "Jäikö sulla jotain kesken???!!!!" Vihjaten kaikkiin verisiin juttuihin siinä ympärilläni.

Jonkun ajan päästä olin tullut hetkeksi "tajuihini" ja muistan yrittäneeni sanoa jonkun lauseen sellasella mongoloidiäänellä: "Vittu, jäiks jotain kesken???". Tämäkään tuskin on kovin terveellistä toimintaa niin kuin mikään mun touhuista…

Essoja hihaan

Oltiin mun kämpillä pienellä porukalla. Kaveri oli vetänyt juuri ekstaasia hihaan ja oli aika vitun sekaisin. Ei se mua häirinnyt, vedettiinhän me kaikki roinaa kyllä. Mutta kun se meni vetämään lisää vessaan eikä siinä tilassaan saanut lyötyä sitä sisäänsä.

Ihmettelin että mikä sillä kestää vessassa. Kävin kylppärin ovella ja avasin oven ja huomasin, että se jätkä oli kuin neulatyynyn jäljiltä ja verta oli vitusti pitkin lattiaa. Ekaa kertaa meinasin suuttua sille kaverille. Ei toisten kämppiin tulla sotkemaan verellään noin! Lähin pois vessasta ja sanoin muijalleni, että jos toi vessa ei ole siisti, kun mä tulen tupakalta ni voi jumalauta mulla menee hermot.

Menin parvekkeelle ja poltin joku kolme röökiä. Olin varmaan puolisen tuntia parvekkeella ja sitten menin takaisin sisään ja huomasin että kaverini oli sohvalla sekaisin. Menin tarkastamaan vessan ja kaikki veri oli pesty pois ja oli siistin näköinen taas. Jos ei olis ollut, niin olis palanut käpy aika pahasti.

Mutta hyvä frendi kyseessä ja yks harvoista, johon luotin. Se sitten pyyteli sekavuuksissaan anteeksi ja mä lepyin kyllä heti. Taisi kyllä emäntäni auttaa siivouksessa, kun oli se kaverini kyl aika killissä, jokainen, joka on vetänyt essoja hihaan tietää kyllä, kuinka se pamahtaa päähän. Jos on hyviä essoja ja niitä ne kyllä olivat...

Häkki heilahtaa

Yhen kaverin kanssa heitettiin narkkaamiseen liittyvää läppää, kun poltettiin vähän sauhua. Mietittiin että miten hauskaa olisi herätä keskellä yötä puhelinsoittoon että "Mä oon täs sun pihalla, tuu maksaa taksi!". Sitten menet ulos maksamaan taksin ja sieltä tulee sun kämpille kaverisi ja joku random muija, molemmat ihan sekaisin. Sitten se kaveri sanoo että "Laita kattila tulille! Ni saadaan puhtaat vermeet" ja että "kaveri veti aika pahan näkösesti ohi, täytyy kattoo pitääkö tilata ambulanssi". Olisi ihan vitun kiva yllätys keskellä yötä.

Heitettiin läppää monta tuntia ja naurettiin ihan kippurassa. Se oli hauska kaveri ja tultiin hyvin juttuun. Se kun oli päässyt linnasta niin se oli "tippunut" kalliolta ensimmäisenä yönä. Omantunnontuskissaan varmasti hypännyt sillä se kantoi painavaa katumusta siitä, miten se joutui linnaan.

Mulle se näytti Omakannasta ne sairaalajutut. Aika hardcore vaurioita, kun oli tippunut oliks se 7 metriä. Sanoja esimerkiksi "aivoruhje", sydän ja maksa revennyt jne. Se oli elvytetty tosi monta kertaa. Ihme että se oli selvinnyt siitä hengissä ja sanoinkin sille, että sillä oli kyllä joku tarkoitus, että se selvisi.

Noh myöhemmin se teki saman virheen minkä aiemmin ja joutui linnaan takaisin. Muutama vanhoista tutuista joutui linnaan, mutta se oli niitten päätös. Tarpeeksi kauan, kun sekoilee niin häkki heilahtaa. Surullista.

"Hei, mä pääsin Iltalehteen!!!"

Oli kiva kesäpäivä, oli bahamashortsit jalassa ja olut kädessä. Kaikki oli ihan vitun jepa naapurin huoneistossa missä puhuttiin paskaa. Emäntäni lähti jokin aika sitten käyttämään juuri putkasta päässyttä kaveria "asioilla" ja heidän piti tulla kahdestaan takaisin mun kämpille sitten.

Alkuperäisen suunnitelman sijaan mä saan sitten molemmilta vuorotellen puheluita, että heitä kiilataan autolla ja olivat todella hätääntyneen kuuloisia. Sitten mä sain sen verran selkoa viimeisestä puhelusta, että pari kertaa aikaisemmin ongelmia aiheuttanut kolmikko oli kaverini perässä ja naikkoseni siinä samalla uhattuna. Emäntäni sanoi puhelimessa olevansa matkalla takaisin meidän pihaan, se kolmikko kahdella autolla kintereillä. Mä pomppasin ylös naapurin lepolassesta ja kävin samassa rapussa olevasta asunnostani hakemassa turvakseni puupampun sekä turvasumuttimen. Se sellainen raiskarimalli missä on suolaliuoslitku, väriaine ja hälytysääni samassa purkissa. Täysin laillinen. Sitten mä hölkkäsin rappuset alas ja avasin alaoven ja jäin katsomaan, että mitä siellä on vastassa ja missä mun muija on.

Kaikki mitä mä halusin tehdä, oli saada mun emäntä heti sisään rappukäytävään suojaan mutta sisään livahtikin suojaan samalla ovenavauksella rohkea kaverini. Mä sit jäin siihen rapun edustalle postailee ja kyselee mun emännän perään. Sitten tämä kahdella autolla saapunut räyhä ryhmä pv-päissään tuli mua kohti pamppuineen ja se meni lyömishommiksi.

Mä olin kuulemma ihan innoissani siinä pihalla, kun tajusin että nyt alkaa sattumaan, kun luulin että mun muijalle oli tehty jotain, vaikka hän istuikin autossaan suojassa. Turvasumutin tippui minulta ja se kääntyi itseäni vastaan. Se ämmä tyhjensi kokonaan sen purkin mun naamaan ja kaikkialle, mä olin kuulemma kuin punainen HULK. Pari osumaa tuli otettua vastaan muutamasta suunnasta ja kohdistin vastahyökkäyksen teleskooppipatukalla minua lyöneeseen saksalaiseen kuulantyöntäjään ja kyllähän oli pää ja kaikki kopissut, kun kuvia esitutkintamateriaalista tutkin. Yks niistä veti mun rapun alaoven paskaksi yrittäessään päästä siihen kaveriini käsiksi ja se kuulantyöntäjä kävi siinä välissä hakkaamassa pampulla mun muijan auton ikkunoita ja uhkaili että me ollaan ihan vitun kusessa nyt ja huuteli yhden kerhon nimeä sekä 10 000 euron velkaa.

Siis minä ja emäntäni oltiin täysin ulkopuolisia mihinkään niiden soppaan, mutta nyt ne tuli väärälle pihalle riehumaan eikä kehoituksistani huolimatta suostunut perääntymään. Eipä mennyt kauaa, kun poliisit oli piirittänyt meidät joka suunnasta ja käskytti luopumaan astaloista tai ne päästävät koiran irti. Eihän siinä muuta kuin hyvästellä puumaila ja käydä maate maahan. Meillä oli monia hyviä yhteisiä muistoja sen mailan kanssa ja siltä se näyttikin. Säpäleet lennelly ties mistä ja siinä luki: "NYT SATTUU IHAN VITUSTI!!!!".

Kaverilta löyty taskusta gramma kukkaa, kun meidät yksi kerrallaan pistettiin seisomaan seinää vasten tutkittavaksi, minä tietenkin ensimmäisenä. Se saksalainen kuulantyöntäjä huusi samalla maassa ollessaan, että mulla olisi neuloja taskuissa, vaikka ne itse olivat huumepäissään. Ne pollarit sanoi vaan emännälle että "aika räväkkä poikaystävä sulla". Vissiin kun olin ihan punainen ja ne bermudashortsit päällä, nii ja mä olin ihan vitun hiilenä, kun mut maijaan sai kyytiin, ja lisäsi vielä että "No itte tiedät, kenen kanssa olet".

Putkayö oli oikein kiva, sai nukuttua hyvin hymy naamalla ja kädet niskan takana oikein peiton ja tyynyn kera. Mä oon tottunut vaan joskus juoppoputkaan missä on vaan se keltainen kusinen patja ja vitun kylmä. Tolleen tutkintavankeudessa oli oikein makoisat oltavat, ruokakin oli ihan hyvää. Taisi olla hernekeittoa. Pakko sanoa, että hyvää palvelua oli, vaikka olikin epäiltynä törkeän pahoinpitelyn yrityksestä.

Pääsin kuulusteluiden jälkeen iltapäivällä pois laitokselta bermudashortsit jalassa ja mies yltä päältä punaisen raiskarivärin peitossa. Oli kiva kävellä sillein himaan laitokselta. Varmaan porukka katteli että "Vitun raiskari!!!". No tuskin sentään. Mut vitun hienoa! Mä olen kohta kuuluisampi, ku Matti Nykänen. Niinkuin yksi biisi laulaakin, "itsepuolustuksesta tuli ehdonalainen!". Vedin hoviin käräjäoikeuden tuomion ja siellä sainkin vaan lisää maksettavaa ja ehdollista kaksi vuotta, vaikka suojelin vain kaveriani, muijaani ja itseäni. Suomen laki on aivan perseestä! Ai nii, piti vielä sanoa kaverilleni, että sä oot mun sankari. Kiitos tästä sotkusta...

Ihme juttu

Olin kaverilla kaljaa tinttaamassa ja siellä oli yks tyyppi, joka oli, miten mä sanoisin? Mielenkiintoinen. Se puhu siitä Myyrmannin räjähdyksestä silloin joskus vuosituhannen vaihteessa, kun se joku jäbä räjäytti pommin siellä, vai itsensä. Tää tyyppi oli neuvonut sitä jotenkin netin kautta, että miten jotain räjähdettä tehdään tai jotain, sama se. Kuitenkin alettiin sitten puhumaan räjähteistä. Se kaveri sano, että sillä on "tällainen harrastus". Se sanoi tekevänsä erilaisia räjähteitä ja puhu jostain dynamiittia vahvemmasta räjähteestä ja näytti kännykästä videon missä sillä oli kuulemma puoli grammaa sitä räjähdettä takapihan pöydän päällä, ja koko vitun pöytä lähti vittuun!!! Mä kiinnostuin niin paljon, että sain sen lopuksi suostumaan näyttää mulle, miten sitä tehdään ja jotenkin mulla pyöri vaan paikallinen kauppakeskus mielessä.

Sanoin sitten, että "Mieti mitä kaikkee sillä vois tehä, jos jollain ois joku oikee agenda". Se kysy sitten, että "Anteeks, mikäköhän agenda?" Se meni siinä sitten. Ei se enää halunnutkaan näyttää mulle, miten sitä tehdään. Ihme juttu.

Ihmisen elämä

Ehkä ihmiskunta on vain jonkun toisen aurinkokunnan asukin pelkkä päihde. Molekyyli, jonka vaikutuksen alaisena pääset kokemaan ihmisen elämän.

Ultimaattinen trippi elää jonkun muun elämä. Ihmisen elämä. Tämän päihteen kanssa ei huonoiltakaan tripeiltä vältytä!!! Jotkut kertovat, että se voi viedä taivaaseen tai helvettiin. Se voi tuntua joskus jopa sadalta vuodelta tai joskus trippi loppuu suht varhaisessa vaiheessa tai joskus jopa ennen kuin se kerkeää kunnolla alkaakaan. Pitkän aikaa jo molekyylin löytymisestä se on jo koukuttanut useat käyttäjänsä ja käyttäjämäärä on nyt kasvanut räjähdysmäisesti. Sillä trippejä olisi yhtä monta kuin ihmisiä tällä maapallolla.

Ihmisen elämä part II

Musta oikeasti tuntuu, että me tultiin tänne suorittamaan tehtävä, elämään ihmisen elämä. Joka yö, kun me nukutaan niin käpyrauhanen aivoissa vapauttaa molekyyli DMT:tä ja silloin meitä haastatellaan ja ollaan yhteyksissä sinne jonnekin mistä me tultiin. Kerätään dataa ihmisen elämästä. Mä nään niin aitoja unia ja tuntuu kuin joku yrittäisi kommunikoida mun kanssa. Mä kerron mitä mä olen touhunnut. Mä kerron mun syvimmätkin ajatukset ja ne tuntuvat antavan vinkkejä mitä mun pitäisi tehdä, että asiat rullaisivat paremmin. Jää niin ihme olo jokaisen tällaisen unen jälkeen ja tuntuu että ne tai hän auttaa tai tukee mua jotenkin. Siis todellakaan en ole ihan varma mutta vois melkein sanoa, että muhun otettiin taas yhteyttä. Hyvä olo…

Joskus yksikin lyönti voi riittää

Olin kaverin kanssa menossa sunnuntaina ryyppäämään keskustaan iltamyöhään. Mentiin taksilla keskustaan pankkiautomaatille. Siinä sitten oli pari jotain vihreetä hippipunkkarirunkkaria, ne tuli siihen jututtamaan. Käytiin aika neutraali keskustelu ja sitten se toinen alkoi hokemaan, että mä olen ruma ja tyhmä. Nuo kaksi taikasanaa, joista en pitänyt ollenkaan.
Kysyin sitten monta kertaa vielä että "Ai mitä? Voitko toistaa vielä kerran?". Sitten se jatkoi samaa. Mä käännyin poispäin ja sanoin "mennään" kaverilleni, mutta jotenkin automaattisesti käännyinkin takaisin ja tinttasin oikean suoran sitä jätkää

keskelle naamaa. Sen rillit menivät paskaksi ja nenä halkesi keskeltä. Kaveri sanoi vaan myöhemmin, että se oli ihan vitun siistin näköistä, kun se tippui ihan suoriltaan asfalttiin ja hilloa lensi. Siinä olisi voinut käydä tosi huonosti, jos se olisi lyönyt päänsä siihen asfalttiin kunnolla. Sanoin sitten vaan että "Mä lähden baariin" ja poistuin paikalta.

Sitten sen tyypin kaveri, sellainen lävistetty pulska punkkari juoksi mun perääni ja kysyi "HEI! HEI! HEI! Mikä toi oli? Haluuksä oikeesti aloittaa sodan tedien ja punkkarien välillä?". Vastasin siihen että "Millä vuosikymmenellä sä oikein elät? Kahekskytluku meni jo, enkä mä ole mikään tedi" lisäsin vielä että "Suksi vittuun siitä tai mä vedän suakin pataan!". Sit mä menin yökerhoon ja tilasin juotavaa. Huomasin että oikea käteni alkoi turvota ihan vitusti ja oli todella kipeä. Pikkurillin rystynen painui piiloon ja luulen että jokin luu murtui kämmenestäni.

Sodan tedien ja punkkarien kanssa, vittu mikä idiootti. No onneksi se ei halkonut päätänsä tai mitään, olisi käynyt tosi hassusti. Joskus meinaan yksikin lyönti riittää, oli lähellä, ettei käynyt pahasti.

Joskus myöhemmin olin yksin baarissa ryyppäämässä ja huomasin että mua kyyläilee jotkut vihreät runkkaripunkkarit. Siirryin toiseen baariin ja menin vessaan kuselle. Kun menin käsiä pesemään, katsoin peilistä, miten porukkaa alkoi lappaamaan sisälle ja yksi jäi vessan ovelle, joten tiesin, mikä on homman nimi. Kostoisku. Käännyin vain ympäri vitun ylimielisenä ja vahvan näköisenä. Laitoin kädet ristiin rinnalleni ja nojasin lavuaariin. Katselin niitä kaikkia yksitellen. Niitä oli joku viisi tyyppiä. Sitten mä kysyin että ”No? Meinaattekste tehä mitään??? Hä?”. Sitten ne alkoivat välttelemään katsekontaktia ja eihän ne mitään saanut aikaiseksi. Mä olin ihan valmiina ottamaan vastaan ne kaikki yksin.

Olipa surkea kostoyritys. Ja mikä vitun kosto? Jos niitten kaveri on soittanut suutansa vitun idioottimaisesti kylillä väärällä jätkälle väääränä päivänä. Jos aukoo turpaansa, niin pitäisi olla valmis ottamaan pari iskua vastaan mun mielestä. Koittaisi käyttäytyä ihmisten ilmoilla.

Mutta en todellakaan tykkää sanoista ruma ja tyhmä kun ne kohdistuvat minuun, en tiedä miksi. Ehkä siksi että mä en ole tyhmä enkä ruma. Miten se jätkä osasikin käyttää noita kahta taikasanaa mitkä saa mut näkemään punaista...

<u>"Äkkipikainen kaveri"</u>

Oltiin oltu jätkäporukalla ryyppäämässä ja oli ollut kiva ilta. Sitten myöhemmin samana iltana alettiin porukalla miettimään, että eihän tätä nyt tähän voi lopettaa, vaan jatkopaikka oli keksittävä.

Mentiin sitten meidän kämpille. Mun muija oli hyvin innoissaan, kun sellainen ryhmä rämä täysin juovuksissa tulee keskellä yötä pilaamaan hänen unensa ennen töihin menoa. Muistan olleeni olohuoneessa ja sitten muija sanoi jotain ilkeää, kun oli niin kyrpiintynyt. Mä menin saman tien keittiöön, otin keittiöveitsen ja vedin vasemman ranteen auki. Mulla vaan "napsahti". Sitten mä yritin muistaakseni toistakin rannetta vetää

auki mutta kaverit piti mua maassa ja yritti saada verenvuotoa loppumaan.
Sitten tuli ambulanssiporukka. Mä potkin niitä päähän siinä lattialla täysin raivoissani. Ne sano että "Älä potki, me autetaan sua!!". Sitten ne sai verentulon hallintaan ja poliisitkin tuli paikalle koska käyttäydyin aggressiivisesti. Mut vietiin käsiraudoissa ambulanssilla poliisisaattueen kera sairaalaan tikattavaksi. Kun haava oli tikattu, he päättivät viedä mut putkaan koska mua ei vissiin uskaltanut pitää sairaalassa mun aggressiivisuuden takia. Noh mä päädyin putkaan ja kuten kaikki tietää niin ennen sinne heittämistä kaikki taskut tutkitaan ja kaikki omaisuus otetaan "respaan" talteen. Edes hupparia ei saa mukaan juoppoputkaan eli kylmä yö tiedossa.
Mutta mulla olikin muuta mielessä kuin rauhoittua ja katsoa seuraavana päivänä mikä olo on ja soittaa apua tietenkin itselleni... JA VITUT!!! Silloinen raivo ja viha ei vaan loppunut ja mitäs kummaa. Olin onnistunut salakuljettamaan yhden Abloyn avaimen putkaan avainnipusta. Mitä itsetuhoinen ihminen tekee, no vetää sillä avaimella tikit vittuun ja vekkiä isommaksi. Sitten mä muistan

katsoneeni kameraa putkan nurkassa ja valuttaneeni verta siihen lammikoksi ajatellen "nyt te veitte mut paskaan paikkaan, nyt te ette kerkeä auttamaan".

Lopulta mä menetin tajuntani siihen putkan veriselle lattialle. Sitten mut oli kiikutettu takaisin sairaalaan uudelleen tikattavaksi mutta tällä kertaa he päättivät pistää mut lepositeisiin omaan huoneeseen sairaalassa. Se oli tosi rankka yö. Ja mun toinen käsi oli käsiraudalla kiinni pedissä aivan liian kireällä. Jumalauta mun käteen sattui, ja koetin jotain huutaa auttamaan eli vähän hölläämään sitä käsirautaa. Niin surullista kuin se onkin niin kukaan ei tullut edes katsomaan mua koko yönä, että onko mulla kaikki ok, kun huusin apua pitkän aikaa… Tulihan mentyä eessuntaa, koti - sairaala - poliisilaitos - sairaala - koti. Oli mulla ainakin työllistävä vaikutus ja pistin parhaani mukaan vähän haastettakin peliin, ettei mene ihan rutiinihommiksi.

Taisin vielä myöhemmin pistää emännän maksamaan ambulanssikyydit sun muut sillä MINÄ EN niitä soittanut enkä halunnut mitään apua. Mä halusin kuolla perkele!

Miten kiittämätön idiootti voi ollakaan, kun oli porukkaa ketkä auttoivat ja välitti. Joskus sitä vaan menee mieli niin pimeään paikkaan, että ei enää ajattele muita ja mitä tuskaa ja huolta heille aiheuttaa.

Kandee varoo mitä toivoo

Istuin yhden frendin kanssa baarin terassilla sen naisystävän kanssa. Puhuttiin paskaa parin tuopillisen verran. Se kaverin naisystävä kertoi aika kreisejä tarinoita siitä ajasta, kun se oli joskus käyttänyt heroiinia Hesassa. Muutenkin se muija oli aika vetäneen näköinen ja varmasti kaikkea nähnyt. Kuitenkin mulle painu mieleen tarina miehestä, joka oli kinunut spiidiä ilman rahaa koko ajan tältä muijalta. Se oli niin kitkuissa vissiin, että se oli ollut todella ärsyttävä. Sitten sillä muijalla meni hermot ja oli sanonut sille että "Lähde mukaan NYT niin saat sitä spiidiä". Ne oli mennyt johonkin kämpille ja sitten ne oli sitonut sen jätkän tuoliin kiinni. Voitte arvata mitä ne sille seuraavaksi teki. Ne oli tunnin välein työntäny gramman vetoja siihen jätkään sisään, eikä ollut kuulemma edes mitään paskaa spiidiä. Tunnin välein niin kauan kunnes se sekosi todella pahasti. "I´ve got a dozen of syringes, packed and loaded, gonna make you crazy! CRAZY AND LOADED!", kuten yhdessä Frantic Flintstonesin biisissä lauletaan. Se biisi kertoo just siitä mitä ne tekivät sille jätkälle.

Arvatkaas, ei sitä ukkoa paljoa näkynyt sen jälkeen enää, kun sen oli päästänyt vapaaksi ulos. Oliskohan joutunut mielisairaalaan tai mitä tahansa sille sitten kävikään, mutta ei sen jälkeen näkynyt enää maisemissa.

"Kandee varoo mitä toivoo koska sä voit saada sen"   -Andy McCoy-

Kekriöverit

Muistan yhden kerran, jolloin en ole ikinä pelännyt yhtä paljon kuin silloin. Olin meidän yhteisellä rokkitallilla missä mä asuin yhden kesän, kun meni poikki ensimmäinen parisuhde 2010. Se oli niitä kekriaikoja.

Olin jo hyvissä pohjissa muutenkin, kun mä päätin vetäistä pommeja rypälekranaatteina, eli joku kuusi tai seitsemän pommia kerralla ja huuhdoin ne väkisin alas kurkustani Koffilla. Kun ne alkoivat toimimaan niin kaveri tuli tallille takaisin, mutta ei hätää, hän oli mun kekrikamu. Muistan että maa alkoi tärisemään mun stomppereiden alla ihan hulluna ja luulin hetken päästä tajunneeni syyn miksi maa tärisi kuin maanjäristyksessä. "Ne on nää mun kengät!". Kaveri oli katsonut vähän että, okeiii...

Sitten muistan menneeni baaritiskin toiselle puolelle ja istuin lipaston päälle ja pidin käsillä baarijakkarasta kiinni. Kun katsoin tallin ikkunoita niin näin, miten puut vilisivät ohi, olin siis venematkalla laivassa tai jotain ja odotin siinä kiltisti istuen koska matka oikein loppuu. Sitten laiva pysähtyi ja menin baaritiskin toiselle puolelle.

Siinä baaritiskissä oli reunat sellaista merimisköyttä, ehkä se laivahomma tuli siitä.

Mutta hetken päästä mä tarrauduin baaritiskin yläosaan kiinni ja luulin olevani pilvenpiirtäjän katolla ja olin sieltä tippumassa! Mä pidin siitä "katon reunasta" (baaritiskistä) henkeni kaupalla kiinni ja huusin hädissäni kovaa kaverilleni että "TUU AUTTAA!! MÄ PUTOON!! VITTTUUUU!!!! AUTAAAA!!!!" Mä en ole ikinä pelännyt elämäni aikana niin paljon kuin siinä kohtaa. Näin siis täysiä hallusinaatioita ja ympäristöni muokkautui aivan mielikuvitukseni mukaan. Eli olin pahassa kamapsykoosissa! Kaverini auttoi minut ylös pilvenpiirtäjän katolle ja selvisin hengissä.

Tässä vaiheessa kekrikaverini alkoi kanssa ottamaan lisää sitä kekriä, kun minäkin olin niin hyvissä! Eihän sitä nyt selvinpäin voi seurata vierestä! Seuraavaksi mun mieli loi koko autotallista viidakon. Kaikki jenkkiautot ja kaikki romu muuttui tiheäksi sademetsän viidakoksi ja siellä liikkui jotain otuksia, jotka eivät halunneet mitään hyvää meille. Mä sanoin että "Tuolla niitä menee" kuiskien kaverilleni. Kaveri aikoi mennä katsomaan että missä muka on mitä ja mä sanoin että "Miten sä uskallat mennä sinne ilman mitään kättä pidempää?" ja annoin jonkun auton akselin tai jonkun auton osan sille suojaksi ja mentiin yhdessä sinne viidakkoon kattomaan. Eihän me mitään löydetty.

Kaveri kertoi myöhemmin, että kun päästiin mun Bonnevillen kohdalle, jonka katolla oli sen takapenkki, se oli nähnyt satoja pikku-ukkoja kantamassa sitä penkkiä, eli alkoi toimimaan silläkin vähän liian hyvin. En muista paljonko se olis ottanut, mutta mä vedin kyllä sellaiset Billy Overdoset mistä menin Rockabilly Psykoosiin. Se oli hurjaa ainetta se kekri, varsinkin ekat erät ja sitä tuli ryittyy pommeina ja laineina koko kevät ja kesä, vaikka kävin samalla töissä pihavarastolla hommissa. Mä jäin kiikkiin pirulliseen sen kekrin kanssa ja sitä tuli otettua kokonainen heikki arviolta yhteensä.

Se oli sellainen muistipätkä 2010 vuoden kesästä, kun olin ensimmäisessä psykoosissa. Myöhemmin ajatellen aika hauskaa touhua…

Kenttä

Muistan kun oltiin tyttöystäväni kanssa kahdestaan. Tunnelmavalaistus kämpässä ja poltettiin pilveä. Se on ihan fifty fifty yleensä onko se miellyttävää mun kohdalla mutta silloin tapahtui jotain upeaa. Kuunneltiin jotain tunnelmamusaa ja muistan että lopuksi oltiin ihan lähekkäin sohvalla kahdestaan ihan jumissa. Vähän kuin lamaantunu ja sitten mielen täytti täysi rauha ja käsien ja koko kehon päällä tuntui jokin energiakenttä. Lisäksi tunsin otsassani jonkinlaista painetta, taisi melkein kolmas silmä aueta. Hetken tunteitani tutkittuani ja mietittyäni mä tajusin, että me jaetaan sama energiakenttä emännän kanssa. Mä kysyin sitten että "Ollaanks me yhtä?", johon beibeni vastasi että "Ollaan". Aivan mahtava tunne. Sellanen sähkö tai energiakenttä.

"Pitäskö sun mennä himaan?"

Olin baarissa. Taisi olla 2010 kevättä tai jotain. Vakkariasiakkaiden pöytä ja tuoppi olutta edessä. Tuleva exäni tiskin takana. Mieli murtuu. "Achtung! Achtung!" Hälytyskellot soivat. Muistan istuneeni pöydässä ja katsellen näkymää isosta ikkunasta keskustaan. Talot näyttävät paperilta, lavastuksilta. Oikealta puolelta näkymää alkaa uimaan kaloja kohti vasempaa ikkunan reunaa. Hmm... hyvin hämmentävää. Joskus psykoosi voi olla sitä, että miettii että oonkohan mä psykoosissa? Mutta nyt oltiin ilmeisesti menossa syvempiin vesiin. Kaikki rupeaa vääntymään ja vääristymään niin pahasti että olutta oli mahdoton juoda ja pää meni kenoon sillä tavalla, kun rupesi maailma muuttumaan silmissä. Voin vaan kuvitella miltä mä olen näyttänyt silloin kun muistan että tuleva exäni tuli pöydän luokse ja sanoi mulle "Pitäskö sun mennä Sami himaan? Sä näytät ihan vitun tyhmältä". Vitun hyvin sanottu...

Otin ilmeisesti sitten neuvosta vaarin ja lähdin tepastelemaan kohti kotia, mutta enhän mä pitkälle päässyt, kun kaikki meni ihan mössöksi. Mä menin ihan toiseen maailmaan. Sellaiseen synkkään ja koko ajan elävään ja muuttuvaan "muumimaailmaan". Jos joku on nähnyt tämän minun kotiin menemisen kovan yrityksen, mä luulen, että ei edes ole naurattanut. Saattoi olla vähän pelottavan näköistä toimintaa ohikulkijalle. Kyllä varmaan tiedätte osa miltä sellaisessa kunnossa kävely näyttää saatika tuntuu.

Noin parisataa metriä taisteltuani itseäni eteenpäin, olin jotenkin kuitenkin saanut soitettua kaverilleni ja puhelimesta kuului huolestunut ääni "Kerro Sami missä sä olet???". "Kuvaile mitä sä näät ni mä tulen hakemaan sut!". Hämmentävän ja vaikean puhelun aikana mä sitten pääsin isommalle tielle ja kaverini löysi minut ja nappasi kyytiin. Se vei mut himaan ja siinä matkalla alkoi vähän helpottamaan muistaakseni, johtuen varmaan kaverini läsnäolosta. Sitten mä en muista mitään.

Muun muassa tuollainen pätkä on taltioitunut mieleeni silloin ensimmäisen psykoosin ajoilta 2010. Olihan trippi!!! Huhhuh. Sellainen psykoottinen painajainen tai jokin elävä helvetti silmieni edessä, joka jäi mieleen. Ei sitä sen kummemmin osaa kuvailla. Joutukaa samaan kondikseen ja kokeilkaa itse, jos ette vielä ole kokenut sellaista elämysmatkaa. "Ei sitä tarvii olla isokaan vika, jos se on PÄÄSSÄ". Esko sanois vaan että "Joo, semmosta kivaa, joo".

Kosminen suikkari

Selkeästi paras orgasmini tuli 2015. Oli juhannus ja eräs vanhempi naispuolinen kaverini otti multa suihin himani sohvalla biletysillan päätteeksi. Täytyy sanoa, että se kyllä tiesi mitä tekee eli kokemusta oli! Se otti suihin loppuun asti ja syvälle, vähän deepthroating meininkiä oli. Se tuntuukin parhaalta miehestä.

Kuitenkin se oli pelkkää nautintoa koko sessio. Lopuksi mä sain orgasminousun, joka kesti joku puoli minuuttia, pikkuhiljaa nousten "Aaaa!" tauko "Aaaaaaa" tauko "Aaaaaaaaaaa" tauko "AAAAAAAA". Sitten mä räjähdin täydellä voimalla ja mun mieli meni avaruuteen ja tähtiin. Kait se oli joku kosminen energiasuihinotto... Sitten mä palauduin takaisin ja näkö palasi ja näin taas tämän maailman.

Mä olin ihan ällikällä lyöty ja sitten se naureskeli ja sanoi iloisena "Mun naama on ihan spermassa". Mikään aiempi tai tämän jälkeisempi orgasmi ei ole vienyt mua noin avaruuteen! Jäi mieleen kyllä. Mieti jos seurustelisi sellaisen naisen kanssa, joka pystyy tuon luokan suoritukseen! Se olis ihan mahtavaa! Harmi kun meillä oli ikäeroa sellainen parikyt vuotta. Mutta näköjään vanhemmat naiset osaa hommansa!

Kotipornoo

Yhden tyttöystävän kanssa mietittiin, että jos me kuvattaisiin omaa seksiä amatöörikategoriassa niin mikä sen pätkän nimi olisi? Päädyttiin siihen tulokseen, että sen nimi olisi Chubby tattooed guy destroys young big titted emo girl. Pornosivuilla on just tollasia nimiä pätkillä. Ehdotinkin läpällä muutamaan otteeseen, että alettaisiin kuvaamaan omaa seksiä ja pistettäisiin omat pornosivut pystyyn.

Koko ajan olisi pitänyt nussia. Ei sitä näin kolmekymppisenä enää jaksa nussia koko ajan, tai niin kuin parikymppisenä panetti koko ajan. On sitä muutakin elämässä kuin seksi. Esimerkiksi kaman veto ja dokaus, mutta voihan nekin harrastukset tietenkin yhdistää seksiin. Ehkä se onkin hauskempaa ja härskimpää pää sekaisin. DVD-julkaisun nimi ois Fuckabilly on drugs, tai Compilation of Fucked up Fucks...

Kukkakeksi

Kukasta menee ihan vitun sekaisin. Se on niin vahvaa nykyään. THC:t ihan katossa vissiin, ei sovi mun päälle. Kerran kuitenkin, kun olin kaverilla käymässä, siinä pyörähti joku jätkä tuomassa keksejä. Ne olivat tosi vahvoja keksejä. Hommasin sitten yhden kukkakeksin emännälle tuliaisiksi kotiin, kun se poltteli pilveä aika raivolla iltaisin eikä ollut ikinä syönyt kukkaleivoksia tai niin sanottuja avaruuskakkuja, joten ajattelin että se olisi hauska yllätys emännälle.

Se keksi maksoi femman ja mulle sanottiin, että nää on sitten vahvimpia mitä se tähän mennessä on tehnyt, eli puoli keksiä riittää mainiosti. Noh pääsin sitten kotiin ja yllätin emännän kysymällä että "Ootko sä ikinä syönyt kukkakeksejä?". Se vastasi, ettei ole ja innostui kovasti. Kuvailin sitä sille, että se on kuin vetäisi kukkaa hihaan, jos noin voi sanoa. Mutta on se ihan erilaista kuin polttaisi. Sanoin sille sitten saman mitä mulle sanottiin eli että puolikas riittää hyvin. Se sitten söi pikkuhiljaa puolikkaan ja mä otin ihan pienen palan.

Alettiin katsomaan Netflixistä Stan Romanek Extraordinary -ufojuttua. Emäntä sitten söi sen lopunkin keksin, vaikka sanoin että odota vaan niin se nousee jälkijunassa, mutta ei se mua kuunnellut. Jossain vaiheessa sitä pätkää näytettiin "oikeata" kuvamateriaalia kaikesta ufojutuista ja se oli aika creepyä. Siinä kohtaa, kun se isopäinen alieni kurkkii sieltä ikkunasta, muija sanoi että "Mä oon aivan liian pilvessä tälläselle". Mäkin menin aika killiin jo siitä pikkuisesta palasta minkä otin.

Kuitenkin loppujen lopuksi muija nukahti sohvalle ja nauroi ja potki mua unissaan. Mä olin vähän huolestunut, että ei kait se nyt vetänyt ihan liikaa sitä. Aamulla herätyskello soi ja emäntä huomasi nukkuneensa pommiin töistä ja kiireen vilkkaa laittaa vaatteet päälle ja poistuu töihin. Mä kattelin siinä sohvalla, että se on vieläkin ihan pöllyissä ja olin huolestunut, että mitenköhän sen työpäivä oikein menee!

No se sitten tuli iltapäivällä kotiin ja olikin ihan kunnossa, ehkä hieman poissaoleva mutta kunnossa. Mikä helpotus... Mä stressasin koko päivän sen kondista mutta kyl se sen kesti kuin nainen.

Kymppi tatteja

Käytiin yks kesä frendin kanssa hakemassa naapurikaupungista yks kaveri viikonlopun viettoon ja ajettiin yhelle toiselle kaverille. Tää eka kaveri oli varustautunut kunnolla siihen iltaan. Sillä oli helvetin iso lasipurkki täynnä meksikon tatteja. En tiiä paljonko siinä oli mutta PALJON...

Noh kun alettiin iltaa istumaan me jaettiin kaikille kolmosen startit. Meni jonkun aikaa ja tatit alkoivat toimimaan.

Se oli hyvin sekava yö joten kerron vain sen mitä muistan.

Sitten otettiin toiset kolme grammaa myöhemmin. Asunnon haltija ei ollut koskaan ennen ottanut sieniä. Jossain vaiheessa mä yritin kääriä tupakkaa topastani väärinpäin sohvalla maaten. Kaverini katsoi ja naureskeli mun kovaa yritystä ja päätti sitten tarjota valmiin tupakan pöydältä minulle, kun ei siitä sätkän käärimisestä tullut mitään. Oltiin jo aika sekaisin. Kaveri kertoi, että mä näytin ihan viikingiltä siinä sohvalla isossa veneessä ja merivesi myrskysi laitoihin ja mulle kasvoi sellainen viikinki parta.

Kaveri istui olohuoneen tuolissa ja minä sohvalla, kun molemmat katsoivat lasipurkkia, jossa ne tatit olivat ja alettiin syöttämään niitä toisillemme ihan randomina. Joku kolmonen viiva vitonen lisää arviolta. Oltiin ihan vitun sekaisin. Sitten kämpän haltija alkoi soittaa koneelta Nomyn Cocaine-biisiä ihan vitun lujalla keskellä aamuyötä. Mä olin ihan varma, että poliisit tulee ja mitäs sitten tehdään.

Oltiin niin mutkalla varsinkin sen ekan kaverin kanssa ja mulle tuli pelkoaaltoja, että valkotakkiset miehet tulee meidät hakemaan. Mietin vaan että miten mä tänkin mutsille selitän, kun oon Kelliksellä.

Siellä kämpässä oli hirveä sirkus meneillään siinä aamuyön tunteina, onneksi naapurit ei soittanut mihinkään. Siinä olisikin ollut selitettävää. Muistan menneeni vessaan kuselle ihan mutkalla ja kun kusin pönttöön niin katto ja lattia vaihtoi paikkojaan. Vähän kuin maapallon pohjoinen ja eteläinen magneettikenttä olisivat vaihtaneet napojaan, joten mä yritin saada jalat "maahan" eli kattoon. Tulin vessasta ihan vaakalautana eteisen lattialle 0.1 tonnia rymisten kulli vieläkin kädessä. Hirveä rysähdys!!! Siitä ryminästä huolestuneena kaverit tuli katsomaan, että onko mulla kaikki hyvin. Mä muistan vaan sanoneeni että "eiku mä otan vähän lepiä vaan" ja käperryin sikiöasentoon lattialle.

Siihen se sirkus loppui kämpässä ja musiikki hiljeni. Sitten jossain vaiheessa mä kömmin sieltä lattialta vierashuoneen sänkyyn peiton alle. Olin kuin toukka siinä peiton alla ja katsoin suoraan ylös kaunista ja rauhallista sinistä taivasta varhain kesäaamuna ja päähäni tuli ajatus, että nyt mä kuolen. Se oli vaan sellanen toteamus ja ego hävisi kokonaan. Se oli vissiin egokuolema. Mä vaan mietin, että nyt mä kuolen ja hyväksyin sen.

Muistan miettineeni vaan että "Ei se mitään, mä oon ihan hyvä jätkä" ja olin valmis kuolemaan. Sitten kaverini huusi olohuoneesta "Tuutko sä aamusufelle?". Havahduin takaisin tähän maailmaan ja keräsin itseni ylös sängystä. Ainakin minä ja kaverini vedettiin arviolta joku kymmenen grammaa sieniä per perse.
Se oli hauska, vähän pelottava ja lopuksi hengellinen kokemus mulle. Onneksi ei syöty yhtään enempää niitä, kyl se yli kymppi riitti... Kun oltiin vähän toettu niistä tateista, kysyttiin mitä mieltä kämpän haltija oli sienistä noin ekaa kertaa nauttineena. Se sanoi "ihan jees, niist ei niinku menny liian sekaisin".

<u>"Lähtöbiisi"</u>

Me oltiin emännän kanssa päästy siihen pisteeseen, että oltiin jo erottu jonkun kolmen kuukauden aikana joku viisi kertaa mutta enhän mä muistanut mitään. Olin vissiin niin masentunut tai jonkinlaisessa mielentilassa niin pitkään ja mun muisti oikeasti on ihan

vitun huono, johtuen varmaan kaikista övereistä ja lääkityksistä, en tiedä.
Sitten yks lauantai emäntä veti mekon päälle ja lähti johonkin iskelmäfestareille. Mun vaistot löivät päälle, joten kävin kattomassa sen läppäriltä sen messengerin siinä illan aikana. Siellä olikin juuri meneillään "keskustelu" mun muijani ja yhden vanhan kaverini kanssa. Lyhyesti kuvailtuna siinä läheteltiin perseen kuvia kaverilleni ja sovittiin seksitreffit festarin jälkeen tapahtuvaksi. Mä olin just edellisenä päivänä painottanut sille, että mä kyllä katon, että me ollaan edelleen yhdessä. Lähetin sitten muijalleni viestiä että ”Älä tee sitä” ”Älä pane ketään”. Se oli vaan että mitä vittua mä muka sekoilen?
Jossain vaiheessa iltaa tai yötä sitten haukuin emännän ihan pataluhaksi ja sanoin myös harvoin käytetyn sanan, jota täytyy käyttää erittäin harkiten, eli sanoja "VITUN HUORA". Lähetin vanhalle kaverilleni tekstiviestin "Vittu sä oot hyvä jätkä" jonka seurauksena hän heti poisti minut facebook-kavereista ja laittoi vielä estoon, eli se tajusi, että olin niiden jäljillä.
Vittu mua oksetti, miten se puhui mun beibelle tyyliin "Mä haluan SURVOA

mun kullin suhun" jne. Mua ällötti suunnattomasti ne molemmat, sillä kaikki ne puheet viittasivat siihen, että tätä oli jatkunut selkäni takana, ties kuinka kauan. Aamuyöllä jutellessani emännän kanssa puhelimessa sekin jo myönsi olevansa huora: "Okei okei!! kait mä sitten olen huora!". Ei tainnut hermot kestää lopuksi...

Noh pari päivää myöhemmin oli lisää paljon huorittelua ja syyllistämistä, että miten sä voit tehdä mulle näin??? Mulla oli tosi kusetettu olo. Sitten mä tulin himan pihaan autolla ja puhelin soi. Muijanihan siellä. Se sano, että halus vaan kuulla mun äänen vielä kerran, eli jotain itsarin tynkästä oli puhelusta päätellen meneillään. Mä sitten koitin kysellä, että missä se on, porukoillaan vai missä? Sitten se sanoi olevansa meidän kämpässä. Mä siihen totesin että "No perkele mä oon täs parkkipaikalla, mitä me sitten oikein puhelimessa puhutaan???".

Menin sisään kämppään tyhjien pahvilaatikkojen kanssa, kun ajattelin pakata tavarani ja painua vittuun sieltä. Kämpässä oli hiljaista, avasin kylpyhuoneen oven ja näin "muijani" verisenä siellä lattialla. Menin siihen viereen ja sanoin "OI JOI JOI". Olihan siinä jonkun verran verta ja reidessä vekkejä mutta katsoin, että ei hälyttävän paljon verta ole menettänyt, sillä tiedän kyllä kuinka iso lätäkkö verta pitää olla, että taju lähtee ja niin edelleen, omista kokemuksistani. Mä olin täysin kylmä ja vähän nauraa hymähtelin, kun ei siihen saanut mitään kontaktia vaan leikki tajuntansa menettänyttä. Vitun teinimeininkiä mun mielestä. Mä sanoin, että sano jos tarviit jotain ja siirryin olohuoneeseen kuuntelemaan musaa.

Muistan miettineeni, että mitä tässä tilanteessa oikein pitää tehdä. Soittaa joku lähtöbiisi sille vai tilata ambulanssi vai mitä. Se oli mulle ihan uusi tilanne. Kirjoitinkin facebookiin päivityksen että "Kysymys kaikille. Pitääkö mun tehdä jotain, jos kylppärissä on verinen nainen???" johon isosiskoni vaan kommentoi että "Nyt Sami jumalauta!!!".

Päädyin sitten soittamaan 112:een. Puhelussa ne kyselivät just, että onko verta, kuinka paljon jne. ja mä vaan vähän naureskelin 112:sen tädille, että ei tää nyt niin hälyttävältä näytä. Sitten sanoin vielä sille, että tulkaa nyt joku hakemaan se pois täältä johki hoitoon tai jotain, sillä mun pitää pakkailla kamoja enkä pysty nyt millään olemaan mikään lapsenvahti. Kävin sitten sanomassa muijalle, että ambulanssi vissiin tulee ja siirryin pakkailemaan tavaroita olohuoneeseen.

Jonkun ajan päästä sitten ambulanssi tuli ja muija itse käveli sinne juttelemaan. Mitä vittua??? Mä luulin, että se oli tekemässä kuolemaa ja ihan hyvin se näyttäisi vielä kävelevän!! Sitä vissiin vitutti, kun en ollut kovin huolissaan siitä, multa oli empatia vähän päässyt loppumaan kaiken tämän jälkeen. Sitten se tuli takasin sisään, otti uuden kattinsa ja lähti porukoilleen. Ei ne edes vienyt sitä mihinkään Kellokoskelle, vaikka olihan se itselleen vaaraksi vissiin. Hyvä niin ni mä pääsin rauhassa pakkailemaan ja runkkaamaan... Kyllä rakkaus on kaunis asia…

Las Vegasin Verilöyly

Istuttiin vanhan naapurini kanssa kaljalla pubissa. Kaveri luki Iltalehteä, ja siinä oli jotain aseen kuvia, kun vilkasin mitä se lukee. Koetin lukea väärinpäin mikä se otsikko on??? Kaverini sano et "Las vegasin verilöyly". Siellä oli joku 60-vuotias ukko ampunu jostain hotellin katolta väkijoukkoon sarjatuliaseella, ja jotain 50 oli kuollu ja joku 500 haavoittunut. Siel oli ilmeisesti jotkut kantrifestarit. Sanoin että "varmaan joku Vietnamin seonnu veteraani". Kaverini siihen vaan että "tai sitten se ei vaan tykänny kantrimusiikista". Revettiin molemmat huutonauruun! Ollaan me sitten empaattisia ihmisiä...

Lääkeöverit

Käytiin joskus silloisen tyttöystäväni mutsin duunipaikalla kaverin kanssa. Se oli töissä sellaisessa mielenterveys- ja päihde- kuntoutuslaitoksessa. Kuitenkin saavuttiin paikalle sinne metsän keskelle ja mentiin tapaamaan tätä muijan mutsia. Juteltiin siinä sisällä tovi ja sitten jatkettiin matkaa eteenpäin, käytiin vaan moikkaamassa. Myöhemmin kuultiin, että joku sen paikan asukas oli nähnyt meidät juttelemassa sen mun muijan mutsin kanssa ja oli luullut, että me oltais kyselty sen perään. Siellä oli ollut pikku härdelli, kun se tyyppi oli sitten vetänyt lääkeöverit heti kun me oltiin poistuttu. Ilmeisesti joku kaipailee sitä jätkää tai sitten se oli paranoidinen, en tiiä. Me oltiin vissiin näytetty sellaisilta jätkiltä, jotka jahtaavat ihmisiä. Kaksi "tavallista" rokua vaan. Mustalla huumorilla hauska tapaus…

Mitä Häh???

Kemiallisia aseita Syyriassa. Terroristipuukottajia Turussa. Ydinaseita Koreassa. Miksi mä katson uutisia? Muistan kun 2015 sekosin. Uutisissa oli vain huonoja uutisia. Nainen hukutti lapsensa kylpyammeeseen, lentokoneet putoo Alpeille, murhia ynnä muuta mutta lopuksi viikonlopun kinkkuresepti! Elääkö normaalit ihmiset oikeesti näin? Kuuntelee tota paskaa mitä teeveestä tuutataan tuutin täydeltä. Eihän tollasta jaksa päivästä toiseen. Ei mikään ihme, että mä lopetin telkan kattelun kaheksan vuotta sitten, boikottiin meni myös radio ja lehdet. Totaalinen pimeys mitä maailmalla tapahtuu. Mua ei suoraan sanottuna kiinnosta tää maailma.

Kuinkahan nopeasti kaikki menee todella huonoksi maailmassa. Kun kakka osuu tuulettimeen, katotaan mistä kana pissii. Pieni osa minusta toivookin tätä, että asiat menisivät aivan päin helvettiä koko maailmassa ja koko systeemi kaatuisi kuin korttitalo. Sitten katotaan, että mitä häh???

"Pirivelkoja ja itsareita"

Kaverin kanssa keskusteltaessa itsemurhayrityksistä ja veloista (mieltä ylentävät keskustelunaiheet) naureskeltiin vähän yhelle keissille. Kaveri oli just yrittänyt tappaa itsensä morfiiniyliannostuksella, jonka piti olla riittävä. Mutta ei niin ei. Siitä sittenkin selvittyään tuli joku kyselemään pirivelkoja ja uhkailemaan seuraavina päivinä. Naurettiin kaverin kanssa, että millä se oikein uhkaili? Tappamisella vai? "Vittu mä just yritin tappaa itseni, niin luulet sä, että toi toimii?" Et sä voi tappaa miestä, kun sillä ei ole toivoa.

"<u>Vähän erikoisempi viikonloppu</u>"

Mä lähdin elämysmatkalle naapuripitäjään kerran, ja ihan vitun hieno reissu siitä tulikin. Sain kyydin perjantaina kaverilta paikalliselle ystävälleni, ja huomasin paikan päällä, että täällä on taidettu aloittaa bileet jo muutama viikko tai kenties kuukausia sitten jo. Eli kovaa metamfetamiinin käyttöä tällä pariskunnalla ja kyllähän mäkin sen makuun pääsin yllättävän äkkiä ja olihan se varmaan jonkun vuoden ralli itselläkin. "Se on niin viettelevää kamaa!!!" Andya lainaten. Nollakakkosen vetonen riitti mainiosti. Juhlittiin se perjantai ja lauantai samoilla silmillä ja kaikki oli vähän sekavaa ja hieman kreisiä hauskanpitoa pienessä porukassa. Jotenkin mä sitten päädyin yhden tutun luo käymään siinä lähistöllä joskus varhain sunnuntaiaamuna ja päätin kokeilla Subutexia ensimmäisen kerran elämässäni, utelias kun olin.
Noh nuokuin sitten mestoilla sohvalla aikani, kunnes ihan yhtäkkiä helvetti oli irti. Ystäväni sai jonkun ihan ihme kilarin emännälleen ja alkoi, pyörittelee

sitä pitkin lattiaa ja teki jotain käsilukkoja vissiin. Hirvee huuto, jonka seasta kuului toistuvasti ystäväni emännän avunhuudot ”SAMI AUTA!!!”. Mä istuin sohvalla ja katoin kun naista viedään ja taisi pari nyrkiniskuakin mennä perille ystäväni toimesta. "Sami tee jotain!!” ”AUTA SAMI!!!”. Mutta mä vaan istuin sohvalla ja mietin että mun PITÄISI mennä auttamaan mutta en koko aikana liikahtanutkaan. Mä en vaan tuntenut mitään, jotta olisin voinut jotenkin reagoida tähän väkivaltaiseen ja täysin väärään tapahtumaan. Mä olin vaan liian turta tunteiltani silloin...

Noh, lopuksi tilanne rauhoittui sen verran että ystäväni meni toiseen huoneeseen rauhoittumaan ja joku oli soittanut kytät paikalle. Käytiin siinä kuistilla tämän väkivallan uhrin kanssa röökillä ja se sitten kysyi että "Miks sä et Sami tullu auttamaan mua, ku mä huusin???”. Mä mietin hetken (päässä pelkkää tyhjää) sitten nostin vaan hartiani ja levitin käteni ja sanoin ”En mä tiiä”. Poliisit tuli tovin päästä ja kyseli mitä on tapahtunut ja katsoi kaikkien paperit, johtuen varmaan hieman meidän epäilyttävistä kondiksista, kun ei varmaan oluen olutpulloa ollut missään näkösällä.

No "uhri" sitten lähti poliisin matkaan asemalle johonkin tekemään rikosilmoitusta. Meni varmaan joku vartti, kun poliisisetä jo soittikin mulle matkaltaan ja kertoi että "Sulla on muuten haku päällä. Mitä jos tehtäis niin että te lupaudutte ilmoittautumaan heti huomenna maanantaina laitokselle niin meidän ei tarvitse kääntyä takaisin sinne nyt hakemaan teitä mukaan". Mä sanoin että "Aijaa, on vai. Joo siis todellakin ilmoittaudun asemalle heti huomenna maanantaiaamuna, Kyllä. Näin tehdään, moi!".

Ne bileet oli siinä. Soitin kyydin itselleni takaisin ja kerroin koko hommasta kaverilleni näin. "Menin kaverille, vedettiin metaa ja sekoiltiin, vedin ekaa kertaa subua hihaan ja sit kaveri hakkas muijansa, mä en tuntenu mitään, sit kytät tuli ja katto kaikkien paperit ja lähti pois, sit ne soittivat perään, että mulla on haku päällä, että sellasta". Kaveri vaan tokaisi että "Jollekin normaalille ihmiselle toi vois kuulostaa vähän erikoiselta viikonlopulta". Ja en todellakaan mihinkään ilmoittautunut silloin maanantaina, ne sakot katsottiin käräjillä, mistä typerää typerämminkin meinasi tulla ehdotonta vankeusrangaistusta sakkojen lusimiseksi. Hohhoijaa…

Mitä vittua mä oikeen touhuun???

Se vasta on kaunista katseltavaa, kun toinen ei löydä suonia millään ja tökkii neulalla sata kertaa eri kohtiin. Taipeet on vedetty jo aikoja sitten, joten vuorossa on jalat ja käsivarret. Jopa melkein sormen verisuoneen on lyöty. Välillä löytyy suoni hetkeksi ja kärki menee tukkoon, sitten vaihdetaan eri kärki ja jatketaan. Tuntikausia vessassa yrittämässä, verta pitkin lavuaaria ja lattiaa. Se on vaan pakko saada suoneen, mikään muu ei käy! Itellä meni parhaimmillaan viisi kärkeä tukkoon ja loppujen lopuksi oli vaan luovutettava ja laittaa ruiskusta se verinen mössö takaisin klikkikuppiin ja juoda se! Hyi vittu miten ällöttävää touhua! Kun ei narkkaamisestakaan tule mitään. Ei mitään kaunista katseltavaa. Ja kaikki paikat ihan mustelmilla ja turvoksissa kun on lyönyt ohi pitkin ja poikin kehoa. Siinä vaiheessa pitäis viimeistään alkaa miettimään, että mitä vittua mä oikeen touhuun???

Mökkireissu

Oli kesä 2016. Mä asuin ihan kaupungin päätien vieressä mistä kulki kaikki ambulanssit ja paloautot ja muu liikenne. Kesällä, kun piti parvekkeen ovea auki, niin pää täyttyi vaan siitä metelistä mitä siitä lähti. Päätettiin emännän kanssa lähteä niiden sukulaisten mökille pikku hermolomalle emännän porukoitten koiran kanssa. En edes muista missä päin tuo mökki oli, koska mä valvoin joku kolme tai neljä vuorokautta just ennen lähtöä, mut jossain Itä-Suomessa se oli. Siinä matkalla sitten nukuin ja emäntä ajoi.

Perillä saavuttiin rantaan parkkipaikalle, jossa siirrettiin ruuat ja muut veneeseen. Tämä mökki sijaitsi saaressa! Alettiin suuntaamaan saarta kohti, kunnes huomattiin, että pohjatulppa oli irti ja vettä tuli paattiin. Katsoin että matkaa oli vielä enemmän perille kuin mitä oltiin edetty ja vettä tulee veneeseen. Käskin emännän kanssa vaihtaa paikkoja ja minä soudan ja emäntäni pitelee peukalolla pohjareikää. Soudin niin nopeasti kuin voin jo vähän huolestuneena, että upotaankohan me saatana tänne. Noh nopean soudun takia päästiin parkkiin kallion reunustaan. Tää hirsimökki oli kallion päällä sika makeella paikalla saaressa, aika mahtavaa.

Laitettiin kaikki paikat kondikseen jne. Päivät grillailtiin ja nussittiin. Parit ekat päivät me iltaisin poltettiin kukkaa piipusta mikä veti ihan tripeille. Emäntäni totesi, että sitä kukkaa oli uitettu lakassa. Lakkakukkaa. Se mökki oli kuin parantola, kaikki huolet häipyivät kokonaan.

Istuin kuistilla tuolissa ja katselin järveä tuntikausia, niin kuin mä aina katson vesi maisemaa, en tiedä mikä siinä on mutta meri ja järvimaisemat tuo niin rauhaisan olon ja pää vaan tyhjenee kaikesta turhasta. Ilmassa kuuluu "KAAAA" "KA KAAA". Lokki lenteli järven yllä. Mä menin siitä kukasta ihan tripeille. Sitten me käytiin saunassa ja mentiin laiturille makaamaan alasti ilta-aurinkoon. Koira Pietu hyväksyi mut osaksi perhettään siinä vaiheessa. Se alkoi nuolemaan mun naamaa ja käsiä ja mä melkein tipuin järveen siitä laiturilta.

Sitten takaisin saunaan. Se saunominen oli kuin jokin syntienpesuriitti ja peseydyttiin toistemme edessä. Ihan paras fiilis ikinä. Seuraavat päivät vaan rakasteltiin ja syötiin hyvin. Välillä piti käydä kaupassa kylillä hakemassa lisää safkaa ja opittiin käyttämään perämoottoriakin ja pohjatulppaa. Se oli kyllä mahtava reissu, paras mökkireissu mitä mulla on ollu.

Sitten reissun päätteeksi käytiin paikallisessa rantaravintolassa pizzalla ja sitten takaisin kaupungin melun sekaan. Mä oisin voinut jäädä sinne mökille pidemmäksikin aikaa. Hyvä reissu ja mahtava paikka, ihan rauhassa yksin saaressa jossain skutsissa. Niin ihmisen pitäisi elää...

<u>Oireita</u>

Kuunneltiin sellaista noitatunnelmamusaa muijan kanssa ja mä vähän join kaljaa. Siinä Youtube-videossa oli kuva missä oli sellainen nuori witchcraft-nainen joku varis harteillaan. Kuunneltiin tovi ja muija touhusi omiaan ja mä kattelin sitä kuvaa teeveestä. Sitten se muija siinä kuvassa alkoi tanssimaan ihan vitun siistin näköisesti käsiä heilutellen sillain intialaiseen tyyliin ja lannetta keikutellen. Sanoin vaan jossain vaiheessa että "vitun siisti video tässä". Muija katto mua vähän aikaa ja sanoi että se on vaan kuva. Kysyin että "eiks ton muijan kuulu tanssia vai?". "Eiku se on pelkkä kuva". Muija alko vissiin vähän huolestua. No mulle se oli siisti video.

Psykoottisilla oireilla saa kaikesta enemmän irti. Niin ku yks kerta muija katteli, että mitä mä kattelen kattoa ja mä sanoin vaan että "ihan vitun siisti puro!". Katossa meni ihan aidon näköinen puro! Se oli niin yksityiskohtainen jokaista vesipisaraansa myöten. Kaunista.

Psykiatrisella mainitsin mm. sen puron katossa ja mun hoitaja vastasi siihen vitun hauskasti näin "No joskus psykoosioireet voi olla kauniitakin asioita, mutta onhan se vähän erikoinen paikka sille purolle". Toisinaan kämpässä meni sinisiä liekkejä, vähän kuin bensa syttyisi ja leimahtaa tuleen pitkin kämppää. Sika siistii! "Fire Fire Fire!!!"

<u>Loppu se nasaalinipottelu</u>"

Jotenkin tapahtumat järkevään muotoon yrittäen kirjoittaa, on pakko miettiä, että mistä mä aloittaisin?? Hmm... 2010? Olisko ollut kevättä. Naispuolisen kaverin kämpillä keskustassa ystäväni kanssa. Outoja asioita alkaa tapahtua. Siinä oli emmettä mennyt jo pidemmän aikaa mutta nyt sitä oli jollain vähän reippaammin ja vähän reippaammin sitä tuli ryittyykin. Ennen me vedettiin nokkaan ja nipotettiin laadusta. Mä sitten ajattelin, että nyt loppu se nasaalinipottelu!!! Homma meni äkkiä siihen, että minä taisin keksiä, että loppu se nokkapokka ja alettiin ottamaan joku gramman tai kahden annoksia shottilaseista oraalisesti. Me oltiin arviolta joku kolme vuorokautta siellä YKSIÖSSÄ, joka välillä alkoi tuntumaan joltain kartanolta omine siipineen, ja jossa me jossain vaiheessa alettiin vilkuilemaan ikkunasta ja arvuuteltiin missäköhän kaupungissa me oikein ollaan.

Telkasta tuli ohjelma, vähän kuin joku Big Brother -tyylinen ohjelma meistä. Sitä mä muistan katselleeni ja ihmetelleeni. Aika ottaa uusia shotteja!! Herranjumala mitä touhua. Täysin vastuutonta toimintaa itseämme kohtaan, ja siinä uupui täysin kunnioitus myös kamaa kohtaan. Sitä meinaan meni aika hullulla tahdilla. En muista läheskään kaikkea mitä me siellä yksiössä oikein touhuttiin, mutta sen mä muistan, miten se päiviä jatkunut karuselli loppui...

Istun sohvalla ja katson naispuolista kaveria, kun hän puhuu minulle. Mä muistan, miten todellisia seuraavat havaintoni oli. Alkuun se oli aika ”normaalia" puhetta, mutta hetken päästä hän vaihtaa käsillä hiuksia liikuttaen hiustyyliään, sekä samalla muuttui hänen käyttäytyminenkin. Sillä alkoi "räpsymään" joku neljä tai viisi erilaista persoonallisuutta päälle yksi kerrallaan. Muistan ystäväni sanoneen mulle tyyliin että "Mitä vittua, tunneksä Sami ton muijan? Mä en enää tunne". Sitten kaverini nousi lattialta ja alkoi valmistautua menemään suihkuun. Noh, tämä naispuolinen kaverini alkoi sitten vittuilemaan minulle, tai kuka vittu se nyt sitten olikaan???

Tämä toinen persoona ei oikeen pitänyt meidän touhustamme, kun hän näki edessään pöydällä cd-levyn kannet, jonka päällä oli kunnioitettava määrä tavaraa. Hän sanoi jotain että "Mitä vitun paskaa te oikein meille syötätte, viekää tollaset vittuun täältä" ja heti perään läpsäisi koko levyn ilmaan ja kaikki ympäri olohuoneen pöytää. Sitten se meni keittiöön jääkaapille ja kertoi juovansa jonkun myrkyn, olisko ollut jotain yskänlääkettä. Sitten se estelyistäni huolimatta pääsi eteiseen, josta ystäväni oli juuri siirtynyt suihkuun, joten tämä tapaus pääsi suoraan ulko ovelle ja ulos kämpästä.

Sitten ZÄZÄÄM!!!! Istun sohvalla. Katson ja kuuntelen naispuolista kaveriani ja sitten sen käyttäytyminen muuttuu ja se alkaa vittuilemaan mulle. Mä aloin miettimään päässäni, että "Mitä vittua? Enks mä just nähnyt tän äsken?". Varmistaakseni seurasin useita asioita, että tapahtuuko ne tismalleen samalla lailla ja päädyin siihen tulokseen, että nyt mä elän juuri päässäni koettua tapahtumaa uudestaan alusta. Mä aloin muuttamaan ja estämään kaikkia tapahtumia. Kaverini siis vittuilee minulle ja seuraavaksi hän tulee läppäisemään cd-levyllisen kamaa pitkin pöytiä, joten siirsin käteni hitaasti levylle ja siirsin sen pois vaaran vyöhykkeellä. Sitten mä estin sitä pääsemästä jääkaapille jne. Menin eteiseen ja selitin ystävälleni (joka oli juuri siirtymässä suihkun puolelle eteisestä) että mitä juuri oli tapahtumassa, että meidän naispuolinen kaverimme aikoo karata kämpästä pihalle siinä kondiksessa. Sain ystäväni jäämään kanssani eteiseen, jossa me luotiin vähän niinku ihmismuuri ulko-oven eteen ja saatiin estettyä hänen karkaamisensa.

Siihen se päättyi ja saatiin tilanne rauhoittumaan. Se oli varmaan oudoin asia mitä mä olen kokenut. Mä näin tulevaisuuteen!!! Tai oikeastaan se oli niin aitoa kuin mä olisin elänyt sen hetken kahdesti. Toisella rundilla mä vain muutin tapahtumia niin ettei skitsahtanut kaverimme päässyt ulos asunnosta eikä tehnyt mitään harmia itselleen. Se vissiin oli sen homman pointti, että mä pystyin estämään tapahtuman. Todella, todella outoa. Mihinköhän meidän aivot oikeesti pystyis, jos meillä olisi täysi kapasiteetti käytössämme? Kysyn vaan. Noh me pidettiin sille pari päivää seuraa, ettei se sekoilisi yksin mitään tai tappaisi itseään, kun hänellä oli siihen suuntaan vähän taipuvaisuutta. Siis ei sillä ollut taipuvaisuutta tappaa itseänsä koko ajan, mutta kaikkea viiltely juttuja jne. Ymmärsit kyllä varmaan mitä tarkoitin ilman oikaisuanikin. Hahahaha... Jossain vaiheessa se meni Kellikselle niin kuin olisi ollut varmaan syytä mullakin mennä, sillä silloin 2010 mulla oli se mun eka psykoosi, joka oli päällä ainakin sen koko kesän sinne syssymmälle asti. Kenties se oli alkanut näistä päivistä, joista juuri kirjoitin ja joissa outoja juttuja alkoi tapahtumaan. Kuka tietää???

<u>Onkohan tää ihan fine???</u>

Mun neljäs tyttöystäväni vei mut kuun pimeälle puolelle. Eli se tykkäsi raffista seksistä. Ennen tätä tapausta mun seksi oli ollut aika kesyä ja "normaalia", jotain läpsimisjuttuja mut ei sen kummempaa. Ei edes mitään anaalikanaalijuttuja hirveesti. Mutta tosiaan mulla tuli se hetki, kun harrastettiin seksiä tämän kanssa se yhtäkkiä halusi, että mä kuristan sitä samalla. Tein ensin sen vähän väärin ja kuristin oikeasti, no vittu! En mä ole ennen kuristanu muijaa seksin aikana! En mä tiennyt miten se tehdään! No sitten tajusin, että aijaa käsi kurkulle ja sitten vaan niinku nostaa tonne leukaan vähän. Samalla kun laitoin menemään ja sit kuristin, mä muistan miettineeni, että onkohan tää ihan fine??? Hämmentävää. Vähän ku se näyttäis mulle, vaikka kuvan mun kuolleena olevasta mummosta ja mä vaan katon sitä ja jatkan nussimista. Se oli mulle hämmentävää aluksi. Sitten ku mä tajusin meiningin nimen ni mähän huomasin, että täähän sopii mulle ihan hyvin. Kieroutunut mieli, kun minullakin on...

Kuitenkin sitten kerran mä vaan ilmoitin emännälle, kun se hääräsi jotain keittiössä että "ihan varoituksena vaan että tossa viittä yli kaks mä rankaisen sua vitun kovaa, että valmistaudu henkisesti". Sitten mä suurin piirtein "raiskasin" sen tasan tarkkaan viittä yli kaks päivällä. Panin muun muassa takaapäin ja tukistin tukasta pään taaksepäin. Lykin menemään kovaa ja sitten se nautinnossaan sanoi "vittu että tuntuu HYVÄL... "mä välittömästi keskeytin sen ja sanoin kovaan komentavaan ääneen "Turrpa kiinni!!!". Minä määrään!!! Lopuksi laukesin päälle ja emäntä kiitti. Sitten se sano että "Nyt on alistettu olo" tyytyväisenä ja hengästyneenä.

Mä huomasin, että mäkin sain sika hyvät kiksit siitä. Eli tajusin että tykkään välillä dominoida ja alistaa naista seksissä ja monet naisethan diggaavat tulla alistetuksi. Ne tykkäävät, kun mies määrää ja otteet ovat hallussa. Nussii kuin jotain lihanpalaa.

Mut kerran sillon 2015 psykoosissa tai jossain mä heräsin sohvalta ja huomasin ensimmäiseksi, että mun taittoveitsi oli avattuna olohuoneen pöydällä. En muistanut mitään edellispäivästä tai yöstä. Katoin vaan että se ei ollu verinen tai mitään että enhän mä ole satuttanut ketään. Yks muija herää toiselta sohvalta ja mä rupeen kyselee siltä, että miksi mun veitsi on avattuna pöydällä. Kun jos sitä ei käyttänyt niin muuten se oli aina taskussa tai laatikossa tai jotain mutta ei ikinä avattuna pöydällä. Ihmetys oli suuri eikä muija kertonut syytä ja naureskeli vain itsekseen.

Meni joku pari päivää ja kyselin niin kauan, kunnes se kertoi, että se oli ratsastanut mun päällä siinä sohvalla ja mä olin halunnut, että se uhkaa mua puukolla samalla ja välillä se oli sen tissien välissä ja mun kaulalla. Olin aika ihmeissäni sillä se ei ollut mun tapaista. Mä repeilin sitä varmaan pari viikkoa! Kerrankin meikäläistä oli alistettu ja mä olin digannu siitä... Kyllä seksi voi olla sitten hauskaa...

Ota vähän rennommin

Oltiin joskus maauimalalla ottamassa aurinkoa porukalla. Varmaan näytettiin niin kriminaaleilta kuin vain voi, tatskoja paljon ja siinä oli pari painonnostajaa mukana. Yhdellä kaverilla oli pari muksuaan mukana, jotka kävivät uimassa.

Oltiin otettu vähän kaljaa ja ehkä jotain muutakin. Kuitenkin kaikki vähän niinku simahti siihen aurinkoon ja jonkun ajan päästä siihen tuli joku nuori rantavahti tai joku piipittämään. Mä heräsin siihen piipitykseen ja siihen että se blokkasi mun auringon. Jotain se tuli kysymään että "Anteeks, kuka kattoo noiden lasten perään?". Mun vitutuskäyrä nousi sataa ylöspäin ja sanoin vaan kovaan ääneen "Painu vittuun siitä!". Sitten se meni hiljaiseksi ja poistui sanaakaan sanomatta.

Ehkä tollaisen asenteen takia mua on joskus vähän vaikea lähestyä, ainakaan tollaset piipittäjät. Mä kuulemma katoin aina kulmien alta niin ettei esimerkiksi entisen tyttöystäväni kaverikaan uskaltanut moikata, kun nähtiin kodin pihalla. Mä vaan tsiigailin ympärille autosta ulos tullessa, että mistä päin tulee ongelmia. Varmastikin vähän rasittavaa päälle olla koko ajan sellaisessa modessa että "vittu kohta sattuu, jos joku tulee urputtaa". En tiedä mistä moinen on tullut mutta varsinkin jos joku tuntematon tyyppi lähestyy mä oon yleensä aina otsa kurtussa. Pitää opetella ottamaan vähän rennommin...

<u>"Sami! Lopeta!"</u>

Istun pubin pöydässä tuopin kera, yksin liikenteessä. Mieli vähän mustana koska monet silloisista kavereistani olivat joutuneet pahaan kuseen yhden nuoren sekakäyttäjämuijan takia. Niin sanotut raiskaussyytteet, jotka oli täysin tuulesta temmattu hänen sanojaan lainaten "lypsämään paljon rahaa jätkien kustannuksella". Noh, tuo muija on nyt samassa baarissa ystävänsä kanssa. He lauloivat karaokea jne. Jotain Tiktakia ne lauloivat yhdessä. Siinä biisissä sanat menevät jotenkin näin "Juostaan pois ja nauretaan niille!!!". Vittu mulla alko kiehuu niin pahasti että mulla kilahti. Nousin ylös pöydästä ja lähdin kävelemään baarin toiselta puolelta baaritiskin ohi toiselle puolelle, sinne missä on loossit ylätasanteen vieressä karaokelavan lähellä.

Mieli täysin mustana kävelin baaritiskin kohdalla matkalla "kohteen" luo kääntöveitsi kädessä. Baaritiskin päätyttyä käännyin kävelemään kohti loosseja, jossa nämä hauskaa pitävät paskat istuivat ja avasin kääntöveitsen kädessäni, valmiina tekemään synkkiä asioita. Kunnes pääni sisällä kuuluu yhtäkkiä todella hätääntyneen kuuloinen naisääni, joka hokee anellen "Sami, lopeta! Tää ei ole hyvä juttu! Samii! L O P E T A! Anna olla..." joten mä pysähdyin vakuuttavaan aneluun ja lopetin aikomukseni. Käänsin veitsen sisään ja laitoin sen taskuuni takaisin. Käännyin ympäri ja kävelin takaisin pöytääni. Istuin alas ja aloin pyörittelemään tuoppia pöydällä ja mietin että mitä vittua juuri tapahtui??? Se oli mun "suojelusenkeli" tai miksikä ikinä haluatkaan sellaista kutsua. Kuitenkin se joku, joka katsoo sun perään ja nyt se päätti puuttua asioihin. Varmaan näki miten tosissani mä olin. Täynnä mustaa vihaa. Se oli hiukan hämmentävää koska se oli täysin aito ääni mutta mun korvieni välissä.

Myöhemmin tulin siihen tulokseen, että se oli sama "enkeli" joka otti minuun monta kertaa yhteyttä joku neljä vuotta myöhemmin ja joka silloin herätti mua uuteen tasoon tietoisuudessa. Jumalauta se oli paniikissa ja peloissaan äänen perusteella. Kait meillä kaikilla on jotku ketkä vähän katsoo perään mutta ei ne kaikkea pysty pelastamaan, vain kriittisissä tilanteissa kuten tässä sen oli pakko puuttua peliin ja estää mut tekemästä mitään hirveetä.

Noh siinä hetken rauhoituttuani ja mietittyäni asiaa menin heidän luokseen täysin rauhallisena ja katsoin heitä silmiin. Mä sanoin näin: "Joku päivä te tulette vielä maksamaan kaikesta" ja kävelin pois koko baarista kotiin lepäämään. Eiköhän siinä ollut lyhyessä ajassa jo tarpeeksi outoja tuntemuksia ja voimia syövää täyttä vihaa. Loppu hyvin kaikki hyvin...

Padit toimii

Olin autotallillamme yksin eräs kesäyö 2010 juomassa kaljaa ja vetämässä kekriä. Kuitenkin soitin yhdelle mimmille, jonka kanssa olin pelehtinyt edellisenä talvena. Se sanoi olevansa jossain lähettyvillä ja sanoi tulevansa tallille mun kanssa.

Sitten se tuli ja huomasin että se on aivan sekaisin. Mentiin sisään ja laitoin nosto-oven kiinni, sitten me mentiin baarijakkaroille istumaan baaritiskin puolelle. Kysyin että tarvitseeko se viihdykkeitä, eli kekriä. Mulla kun oli sitä sen verran että pystyin tarjoamaan ja kysyin, onko se ylipäätänsä ikinä ottanut kekriä. Kaikille ketkä ei tiedä mitä kekri oli: se oli sillon vielä lääkeaineeksi luokiteltu vähän niin ku ekstaasin, pirin, ja koksun sekoitus. Jotain virolaista lannoitetta kuulemma tai niin ku jenkeissä oli Bath Salt -nimellä. Kuitenkin sen kemiallinen kaava oli 4 MCC toiseen. Tarjosin sille kekripommin, sellasen ku itte oli tottunut ottamaan mutta mulla olikin toleranssit aika kovat, kun siinä kesän aikana oli tullut otettua VÄHÄN.

Mä seisoin baaritiskin puolella ja katoin kun se alkoi vaikuttaa siihen mimmiin.

Hyvä että se pysy baarijakkaralla, kun se pamahti sen päähän. Se alko viemään käsiään pitkin kehoaan ja ähkyi, se taisi laueta siihen baarijakkaralle. Se oli aika hurjan mutta vitun siistin näköstä, kun toinen nautti niin oloistaan. Mä vaan tsiigailin toiselta puolelta baaritiskiä sitä.

Sitten ku se huippu alkoi vähän helpottaa, se alkoi puhumaan jostain raskaudesta ja mainitsi mun nimen. Se ei vissiin tajunnut enää kenen seurassa se oli, kun puhui musta kuin mä en olisi ollut paikalla. Se puhui, että se oli tullut raskaaksi jokin aika sitten ja mä olin ollut kuulemma sen isä ja että se oli tehnyt abortin. Mä uskon, että se puhui totta kun se oli aika tiloissa ja edellisenä talvena se oli ihan lovena muhun ja me harrastettiin seksiä useaan otteeseen. Aikamoinen pommi mulle kuulla tuollainen uutinen.

En tuntenut pahaa oloa lainkaan koska mielestäni se oli ihan fiksu päätös tehdä abortti ottaen huomioon missä kunnossa me kaikki oltiin. Se oli aika seko mimmi muutenkin ainakin niihin aikoihin. Minkähänlainen otus siitäkin olisi tullut, jos se ei olisi tehnyt aborttia. Varmaan aikamoinen TAPAUS kun olisi yhdistänyt meidän geenit. Sillon mä ainakin sain tietää, että mun padit toimii, jos jotain positiivista haluaa löytää tästä.

Perseeseen

Oltiin juhannusta viettämässä Ellivuoren rock´n´roll jamboreilla yhden Petran kanssa. Käytiin katsomassa bändejä ja juotiin. Pidettiin hauskaa omassa ja muiden leireissä. Sitten aamuyöllä, kun suurin osa oli jo mennyt telttoihinsa nukkumaan, me mentiin leirintäalueen vedenottokoppiin nussimaan.
En tiedä mikä siinä oikein oli mutta mä panin joka kerta sitä perseeseen, en tiedä miksi. Sillä luki alaselässä "Only God can judge me". Kuitenkin olin aika kännissä ja yritin ottaa tukea seinästä kädellä, mutta siinä kohdalla olikin ovi! Mä tulin housut kintuissa ja kulli paskassa ryminällä ulos kopista turvalleen maahan. Jos joku näki sen ni oli varmaan hulvattoman näkönen laskeutuminen housut kintuissa. Sitten piti pestä alapää ja mentiin autoon nukkumaan koska meillä ei ollut hotellihuonetta eikä telttaa. Aamulla oli

aika nihkeä olo. Kauhee krapula ja autossa oli kuin saunassa kun aurinko oli porottanu koko aamupäivän siihen ja ikkunat oli ollut kiinni. Se oli hauska juhannus...

Valopallo

Kerran vuonna 2017 kävin kaveria moikkaamassa autolla maaseudulla. Vietin siellä tovin ja tuli myöhäkin ja pimeä. Kun olimme pihalla tupakalla ja minä olin tekemässä lähtöä kotiin kohti tupakan jälkeen, meidät yllätti valopallo pellon yllä tulossa kohti meitä siinä kaverin pihalla. Kaverini ihmetteli että "mikäs toi on?". Vastasin etten tiedä. Valopallo vaan suureni ja läheni ja minä säikähdin sen verran että sanoin kaverille vain että "joo, mä lähen menee nyt!".

Hyppäsin autoon ja kaveri jäi siihen pihalle. Ajoin nopeasti isommalle tielle ja menin kotiin.

En uskaltanut jäädä katsomaan mikä se lähestyvä valopallo oli, joka myöhemmin ehkä vähän harmittaa. En todellakaan tiedä mikä se oli.

Se oli äänetön ja tuli "uhkaavasti" suoraan kohti pellon yllä! Kun seuraavan kerran näin tätä kaveriani emme jostain syystä ikinä puhuttu siitä että mikähän se oli? Ihan kuin sitä ei olisi tapahtunutkaan. Tollasia outoja juttuja mulle tapahtuu aina tasaisin väliajoin.
Esim. yksi exäni kertoi kerran takapihalla ollessaan nähneensä vihreän valopallon samana vuonna 2017 puiden yläpuolella kuin seuraamassa minua, kun kävin kaveria moikkaamassa pihalla. Minä en tätä itse nähnyt, mutta tyttöystäväni oli hieman hämillään.
Mitähän mun elämässäni oikein tapahtuu???

Perspiikki

Silloin kun mulle lyötiin skitson paperia pöytään, muistaakseni joskus sen jälkeen alettiin ottamaan Risperdal Consta -injektiopsyykelääkettä. Samaa tavaraa kuin pillerinä mutta tämä oli vaan injektiona. Ideana se, että sitä lääkeainetta vapautuu kehoon lihaksesta pikkuhiljaa tasaisesti, kun pillerimuodossa lääkeaineen vaikutus vähän heittelee. Noh tätä injektiota otettiin kahden viikon välein ja kerran mulla oli vähän ehkä huono päivä, kun mä menin sitä ottamaan psykiatriselle. Sitten se hoitaja valmisteli sen ottoa varten ja mä laskin housuja sen verran että kankku näkyi. Sitten kun se työnsi sen vitun ison neulan mun kankkuun ja mä katoin siihen sivuun sitä ja sanoin "työnnä sitä paskaa mun perseeseen" sellasella vittuuntuneella äänensävyllä. Hoitsulla piti pokka just ja just.

Alkuun kun aloitettiin se perspiikki sitä annettiin kolmen viikon välein, mikä oli hoitovirhe, kun se pitää antaa kahden viikon välein. Sitten mulla oli lääkäriaika B-lausuntoa varten. Mä tiesin heti, että tää ei tule menemään hyvin, kun mun hoitaja ei päässytkään paikalle. Aloitettiin kuitenkin ilman sitä. Se ämmä nyki siinä tuolissaan, siis kuulusteluissa on paljon mukavampi olla kuin tämän lääkärin edessä. Kait se testas vaan että teeskentelenkö mä tai jotain. Sitten se alkoi puhumaan mun mutsista ja kaikkea muuta vittumaiseen sävyyn. Mä menin ihan hiljaiseksi ja silmät pyöristyivät enkä ajatellut mitään mukavaa sen lääkärin puolesta. Siinä me istuttiin kahdestaan sen kanssa siinä huoneessa mulla silmät pyöreenä ja tuijotin vaan sitä lekuria. Se ei ensin tajunnut mitä se tuijotus merkkasi mutta meni joku 20 sekuntia niin sille iski kauhu ja paniikki. Sitten se keskeytti koko vastaanoton ja sanoi "mennäänpäs kattomaan sitä Risperdal-asiaa" varmaan vaan että pääsisi pois mun kanssa siitä huoneesta, kun mulla oli lääkekin loppunut kehosta. Vittu mikä hoitovirhe.

Pidempi piippu

Yks kaveri tuli kerran mun kämpille käymään. Se kerto et se oli just yrittäny ampua paria velallista tyyppiä ihan siinä mun risteyksessä. Se sano et heti kun se näki ne tien toisella puolella sillä alko kiehua niin pahasti että se yritti ampua niitä jollain pienemmällä pistoolilla keskellä päivää, ja niillä jätkillä oli tullut aika vitun kiire kääntää pyörät ympäri ja paeta paikalta. Se veti sen pistoolin esiin mun kämpillä ja näytti että "vittu ku olis ollu tän verran pidempi piippu ni olis varmaan osunu" ja näytti sormillaan kuinka paljon pidempi piippu siinä, olis pitänyt olla.

Miksen mä tota ajatellu, totta kai! Pidempi piippuhan sitä pitäs olla ni osuis paremmin! vittu mitä porukkaa...

Pihvejä ja kaljaa

Käytiin kerran kaverin kanssa kesällä Siwassa ostaan pihvejä ja kaljaa. Mä otin keissin kaljaa kantoon ja kaverini haki grilliruoat, kun jotku mormonit sano mulle, että "Sinä joudut helvettiin". Mä kysyin et "TÄH???". "Niin, sinä joudut helvettiin". Mä mietin vaan että mitä vittua???!!! Ostin vielä pari toppaa röökiä ja filsuja ja maksoin sitten ostokseni ne mormonit mun perässä kassajonolla. Kaverini meni jo autoon, kun mulla vähän sitten kihahti siinä pihalla. Vedin kääntöveitsen taskustani ja avasin sen. Mä sanoin vaan että "Katotaan kuka joutuu helvettiin ja kuka ei!" Odotin niitä pihalle monta minuuttia eikä ne uskaltanu tulla ulos, kun kaveri jo huuteli auton luota, että "Tuu nyt vittu autoon sieltä ennen, ku sattuu!". Kihisevänä vihakasana laitoin veitsen pois ja menin autoon. Sit me mentiin grillailee pihvejä ja dokaamaan. Oli oikein mukavaa. Kait sitä jokainen on joskus vähän lyhytpinnainen mutta myöhemmin tilannetta miettiessäni on tollanen kyl aika älytöntä käytöstä itseltäni, kun miettii, kuinka mitätön sen mielentilan laukaisija tällä kertaa lopulta oli.

Pöpilään

Muistan yhden Kellisreissun. Menin sovitulle avohoidon vastaanotolle helvetin ahdistuneena. Yritin poistaa ahdistustani minulle määrätyillä Atarax-tableteilla. Mulla ne oli määrätty ahdistukseen, kun multa otettiin bentsot pois eikä niitä annettu takaisin.

Atarax, vittu mikä läppä, eiks se ole joku antihistamiini eikä mikään rauhoittava??? Kuitenkin otin niitä sitten kunnolla, jos ne vaikka auttaisivatkin ahdistukseen vähän eli vedin niitä joku 10-15 kappaletta.

Kun pääsin vastaanotolle mä olin naureskellut epäasiallisesti niinkuin mä teen joka vastaanotolla ja muutenkin, eli naureskelin EPÄADEKVAATISTI psykiatrian termein. Sitten mä olin ollut aggressiivissävytteinen ja sitten mä sain pahan paniikkikohtauksen. Samaan aikaan lääkkeet pamahti päähän eli menin lopuksi ihan unitilaan istualteen. Mun hoitsu katseli jonkin aikaa ja tilasi sitten taksin pihaan ja lähetti Kellokosken mielisairaalaan. En muista koko matkasta mitään. Perillä mä lompsin sinne kakkoskerrokseen ja soitin osaston ovikelloa. Odotin hetken aika sekavana ja oven aukaisi hymyilevä mustahiuksinen sinisilmäinen ENKELI. Kaunis nainen. Noh siinä mentiin sitten toimistoon juttelemaan ja ne ihmettelivät, että miksi mä olin ihan unessa, niin unessa että musta ei saanut juuri mitään irti. Kerroin ottaneeni Ataraxia enemmän kuin kuuluisi ennen vastaanottoa johon hoitaja totesi, että se on nukahtamiseen tarkoitettu määrä. Sitten ne laittoivat nukkumaan pariksi tunniksi.

Siitä kun heräilin olin vieläkin aika tokkurassa ja suunnistin ekana osaston röökikoppiin. Siellä pistin tupakaksi ja joku jätkä vainoili että "eihän meillä mitään riitaa tule hei". "Ei tarvii lyödä". Mä sitten kysyin, että miksi meillä olisi riitaa, jonka jälkeen yks osaston vanhemmista naisista sanoi "Eihän tollasta voi lyödä, sehän lyö takaisin". Siis olenko mä jotenkin ulkonäöltäni sellainen, että muhun reagoidaan noin, ja ajatteleeko jotkut oikeasti noin, että vissiin "vahvan" näköistä ei voi lyödä koska se lyö takaisin. Tarkoittaako se sitten, että jotain rimpulaa saa lyödä, kun se ei todennäköisesti lyö takaisin??? Ihme porukkaa... Ne sitten piti mut yön yli osastolla ja pääsin seuraavana päivänä pois. Se oli sellanen täysin turha yhden päivän reissu pöpilään tsekkaamaan mitä naamoja siellä tällä hetkellä oikein on...

__Pöppiäisiä__

2010. Me pyörittiin silloin kaverin kanssa aika usein yhen Johnnyn tallilla jossain Sysmässä. Se oli sitä kekriaikaa. Kuitenkin niihin aikoihin oli syyhypunkkiepidemia. Syyhypunkki tulee aina joskus kymmenen vuoden välein tai jotain kun asiaa tutkittiin netistä. Oltiin kuitenkin oltu Sysmässä viettämässä viikonloppua ja oltiin sitten palauduttu omalle tallille ja jatkettiin vaan ottamista, kunnes kaverini sanoi, että kutittaa joka paikkaa ja rapsutteli itteensä, sitten mäkin huomasin saman ittelläni. Se ei voinut olla psyykkistä koska kaikki ketkä siellä tallilla nukkui yläpedeillä ja sohvilla altistui niille punkeille.

Lopuksi ajateltiin, että ne ovat satiaisia, kun siellä tallilla kävi huoriakin välillä joita porukka nussi siellä yläpedeillä. Ei osattu siinä vaiheessa todeta kuin että jotain pöppiäisiä on nyt päässä ja kehossa. Mietittiin hetki ja päädyttiin siihen tulokseen, että pitää hakea apteekista asiaankuuluvaa shampoota yms. ja mennään mun kämpille hoitamaan asia pois. Kaveri ei suostunut hakemaan niitä kirppushampoita ja -voiteita, jotka ovat muuten ihan vitun kalliita, joten mun oli tietysti pakko hakea ne, kun kaveri ei kehdannut.

Päästiin mun himaan, jossa emäntäni oli kotona ja mä selitin heti eteisessä, että me mennään saunatiloihin kaverin kanssa. Emäntä ihmetteli, että mitä me oikein touhutaan kamapäissään, joten sanoin että "vittu meillä on vissiin satiaisia". Emäntäni ilme muuttui vihaiseksi ja mä lisäsin heti perään "Ei mitään sellasta mitä ajattelet!" jolloin se rauhottu. Kaverini rapsutteli itteensä ja otti t-paitansa pois päältä ja heitti sen grilliin ja sytytti palamaan... Noh me pistettiin sauna lämpiämään ja mä hain parranajoshaverin vaihtoterineen ja mentiin suihkutilaan.

Sitten me ajeltiin KAIKKI karvat pois kehoistamme paitsi tukan. Ajeltiin sääret ja persvakoja myöden kaikki. Kaverilla oli muuten erittäin runsas karvoitus perseessä. Se oli jotenkin ihan hulvaton tilanne siinä vaiheessa ja naureskeltiin kovaan ääneen yhdessä, kun sheivailtiin sääriämme. Lyötiin shampoot päähän ja joka puolelle niin ku se aine kuuluu laittaa ja mentiin saunaan, kun ajateltiin että kuumuus tappaa ne öttimönkiäiset. Sitten kaikki vaatteet mitkä olivat päällä, laitettiin pusseihin ja pakastimeen. Viikkoja myöhemmin meitä kuitenkin kutitti jälleen, ehkä se oli vaan jotain mini kamapsykoosia missä kuvittelee, että ötököitä menee ihan alla jne. ja kun toinen alkaa sitä lietsomaan se tarttuu psyykkisesti toiseenkin, tai sitten me oltiin taas käyty Sysmän tallilla ja saatiin uudestaan tartunta, kun ei tullut käytyä koko viikonloppuna suihkussa jne.

Sen viikonlopun jälkeen ajettiin mun mutsille peseytymään, oltiin aika kamapäissään mutta kaveristani näki sen selvemmin. Saavuttiin mutsille ja kaverini meni ensin suihkuun, kun mutsini kysyi että "Mitä helvettiä te oikein touhuutte??? Toi sun kaveris on ihan sekaisin!"

Tätä kuitenkin jatkui varmaan kuukausia, aina se kutina tuli takaisin!! Jossain vaiheessa mä olin ihan loppu ja sanoin kaverilleni, että jos se vielä kerrankin tulee takaisin niin mä hommaan pyssyn ja ammun itteeni suuhun!!! Se taisi olla enää vaan psyykkistä, kun sitä roinaakin tuli vedettyä koko ajan.

Mutta onpa vittumaisia pöppiäisiä, meille valkeni sitten, että ne ovat syyhypunkkeja. Ne leviävät todella helposti ja ne kaivavat tunneleita ihoon missä ne asustavat ja munivat lisää. Se oli ihan hirveetä, me tehtiin ne hoidot monta kertaa. Vaihtoehtoina oli sellanen myrkkyvaha iholle tai sitten sai ihan reseptilääkkeenä sellasen pillerin minkä pitäisi ajaa asiansa. Se oli niin hirveen tuntusta, että oikeesti teki mieli ampua itteesä suuhun. Tai se tuntui vielä pahemmalta, kun veti kamaa ja oli ihan psykoosin rajamailla. Ei enää ikinä mitään pöppiäisiä kiitos. Kannattaa kattoo vähän, kuinka likaisissa paikoissa oikein pyörii ja muistaa

peseytyä usein sekä vaihtaa vaatteet...
Hyi vittu...

Pilviä taivaalla

Viimeisin "ufojuttu" mitä on tapahtunut
oli 2020 kesänä. Olimme kumppanini
kanssa parvekkeella hienolla kuumalla
hellesäällä ja juotiin hieman punaviiniä
ja olutta. Nautittiin vaan pilvettömästä
kesäpäivästä aurinkoa ottaen ja
puhuttiin paskaa. En muista kumpi
huomasi kaupungin yllä pari tai kolme
tummempaa pikkupilveä jotka eivät
liikkunetkaan tuulen mukana, vaan
"seisoivat" paikallaan kunnes ne
haihtuivat pois yksi kerrallaan.
Korostan siis että oli täysin pilvetön
kesäpäivä. Sitten ne ilmestyivät samaan
paikkaan takaisin. Tätä leikkiä jatkui
jonkun vartin verran ja kerkesimmekin
hakemaan kiikarit sisältä kun meidän
ihmetys vain kasvoi. Katsoin niitä
kiikareilla ja näin rivistön vilkkuvia
valoja pilven sisällä! Mitä vittua???
Kumppanini katsoi paljain silmin niitä
ja kertoi että yksi niistä valoista
"singahti" pois johonkin kaukaisuuteen
mieletöntä nopeutta. Olimme aivan

ihmeissämme, mitä me juuri oikein nähtiin? Tätä tosiaan kesti jonkun vartin verran. Ihan kuin ne olisivat näyttäytyneet vain meille keskellä parvekenäkymäämme.

Sitten ne hävisivät kokonaan kaupungin yltä ja me todettiin että olipas outoa, ja keskusteltiin hetki niistä. Mä taisin tokaista että "taasko tää alkaa". Kuten se valopallo maaseudulla ja taivaalta laskeutuva valo silloin 2017 kuten kerroin aikaisemmin. Kuulostaa hullulta mutta tällaista tapahtuu mulle ja läheisilleni välillä. Perin outoa...

<u>"Vittu nyt sä kuolet"</u>

Sillon kun vielä asuin vanhassa kämpässäni, tiesin läheltä yhden pariskunnan, jonka kanssa tuli istuttua muutama ilta yhdessä ja päihteistä oli usein puhetta. Noh mä kerran annoin gramman piriä niille ja selitin pelisäännöt hyvin selkeästi mahdollista jatkoa varten, ihan vaan sen takia, ettei kukaan joudu kuseen turhaan. Se sano, että se kyllä tietää miten hommat toimivat. No meni paljon aikaa eteenpäin ja mä rupesin saamaan siltä jätkältä puheluita missä puhuttiin aivan liian suoraan tyyliin "Onks pirii???". Näitä puheluita tuli tasaisin välein joku kolme kertaa ja joka kerran jälkeen mä varoitin sitä jätkää, että ei enää tollasia, tajusitsä? Sitten yks kerta olin yläkerran naapurissa juomassa Stolichnayaa ja pitämässä hauskaa, kunnes puhelin soi ja taas se kyseli liian suoraan luurissa samaa asiaa ja mistä mä olin jo varoittanut kolme kertaa. Mä kysyin "Missä sä oot?". Se vastas, että alakerran naapurissa mun kerroksessa samassa rappukäytävässä ja kutsui sinne käymään. Mä sanoin naapurille, että mennään käymään vaan!

Ovelle päästyäni aika tukevassa humalassa rimputin ovikelloa ja tämä kyseinen herra tuli avaamaan oven. Mä kerkesin miettiä vaan että "sattuipa oikea mies avaamaan oven". Mul oli paukku vasemmassa kädessä ja latasin oikean koukun täysii sitä vatsaan. Se tipahti siihen eteiseen ja mä annoin vähän kenkää perään. Sitten menin kämppään lempipaikalleni sohvalle ja jäin kattomaan ku yläkerran naapurini jäi painimaan jonkun kanssa sänkyyn ja siemailin paukkua. Sitten alakerran naapurini ja kämpän haltija tuli luokseni paniikissa "Sami ota ihan rauhallisesti, rauhotu". Mä katoin sitä silmiin ja sanoin "Mä oon ihan rauhallinen".

Jonkun ajan päästä se jätkä sai kerättyä itsensä sieltä eteisen lattialta ja tuli luokseni ja mä selitin, miksi näin kävi, olinhan varoittanut jo kolme kertaa ja se tuntui ymmärtävän nyt. Sitten se sirkus vasta alkoi sillä sen jätkän muija sekosi ihan totaalisesti, mä sanoin sille jätkälle että "Pidä muijas kurissa". Se muija poistui rappukäytävään ja huusi siellä, että mä oon narkkari ja mun nimeä sekä uhkaili poliisilla, vielä vittu mun rappukäytävässä! Mä kävin sanomassa sille että "Vittu sä olet tuleva vasikka". Siitä se sai hirveän hepulin ja tuli kämppään takaisin sisään ja kävi päälle. Raapi mua kynsillään ja repi mun paidan, potki munille jne. Mä vaan yritin siirtyä pois siitä tekemättä mitään.

Se jatkui liian pitkään ja sitten mulla meni vintti pimeäksi. Naapurini kertoi myöhemmin, että mä olin nostanut sen kurkusta seinää vasten ja sitten lattialle ja alkanut kuristamaan sitä kunnolla. Mä olin samalla kuiskannu sen korvaan että "Vittu nyt sä kuolet" ennen kuin se menetti tajuntansa. Kämpän haltija huolestui sen muijan naaman väristä ja huusi mulle että "Päästä irti jo!" toistuvasti. Sitten mä tulin takaisin tähän maailmaan ja päästin irti. Siinä se hetken kako ja painu mihin painuikaan ja tilanne loppui siihen. Mua ei huudella narkkariksi mun nimellä mun rappukäytävässä eikä varsinkaan uhkailla millään poliisilla! Vitun lehmä kävi vielä päälle! Uskomatonta paskaa... Sitten se vielä kehtasi myöhempinä päivinä laittaa viestiä, että koko kaupunki saa kuulla, että mä oon naistenhakkaaja jne. Mä sitten muistutin sitä, että kumpi kävi kumman päälle ja kuka uhkaili vasikoinnilla, sen jälkeen ei siitä muijasta kuulunut mitään.

Sen jätkän mä näin terassilla joskus paljon myöhemmin ja silloinkin oli ihan vitun lähellä, etten hakannut sitä, ku se tarjos jotain Alepan kakkua mulle. Mä mietin vaan että "Pitkä kakku tästä kohta tuleekin" ja heitin kaljat sen päälle ja lähin menee. Vittu mitä idiootteja, huhhuh.

<u>Raja on korkeammalla</u>

Olin joskus 2011 autopeltiseppäkoulutuksessa. Se oli ihan siistiä korjata lommoja jne. mutta se jäi sitten kesken multa, kun pää vähän temppuili. Yks kerta meidän kouluttaja näytti meille hitsausvehkeitä ja se kyyristy siihen näyttämään niitä asetuksia. Me oppilaat keräännyttiin rinkiin sen ympärille, kun jotain omituista tapahtui. Mä sain väkivaltavision päähäni siinä seistessä. Yhtäkkiä näin ihan aitona että ammuin sitä kouluttajaa päähän pistoolilla ja veret roiskahtivat kaikkien ringissä olevien päälle. Sitten mä tulin takaisin siitä visiosta ja mietin että mitä vittua toi oli ja kaikki oli taas normaalia. Se oli kuin vähän nopeutettu visio ja oli todella todentuntuinen.

Mulla on varmaan se joku väkivaltageeni, kun näen välillä tollasia ja olen muutenkin ollut välillä väkivaltaisissa tilanteissa. Osa sen takia että mua on ahdistettu nurkkaan, jolloin yritin puukottaa ne ahdistelijat mutta kaveri pelasti tilanteen. Osa sen takia että mua kohtaan ollaan käyttäydytty törkeästi ja väkivaltahan lopettaa vittuilun... Osa sen takia että olen puolustanut muita vaaralliselta tilanteelta ja siitäkin mä sain vaan paskaa niskaan oikeudenkäyntien kautta, mutta en tekisi mitään toisin niissä tilanteissa. En nykyään enää saa raivokohtauksia kuten ennen, mutta olen huomannut, että kun välillä turhaudun kaikkeen, mä saan vahvoja mielikuvia missä hakkaan jonkun päätä lattiaan yms. kivaa. Esimerkiksi jos joku mussuttaa ruokaa syödessä tai ryystää juodessaan, todella ärsyttävää mutta hillitsen aina itseni enkä edes sano mitään sille. Hallitsen siis itseäni paremmin kuin koskaan nykyään.

Mulla on vintti pimentynyt pari kertaa, sillä lailla että on meinannut käydä tosi huonosti jollekin. Tekeekö se musta kilipään? Siis mulla on ollut aivan uskomaton tuuri, etten ole joutunut linnaan tai ruumishuoneelle tai jotain. On noita tilanteita ollut jonkin verran missä ei kuitenkaan lopuksi ole käynyt niin surullisesti, aina jotenkin tilanne on pelastunut niin ettei ketään ole päässyt hengestään tai mitään.

Mä aina vitsailin, että jos haluaa vähän sekoilla ja vetää ihan ranttaliksi, niin hommaisi ne viisi asiaa millä pääsee hyvin alkuun. Paljon tiukkaa viinaa, testosteronia, heikki piriä, tykin ja lisäksi vielä tatskakoneen. Siinä on mun henkilökohtainen lista mitä ei saa ikinä hommata tai sitten voi lähtee lapasesta ja lujaa. Oli aika synkähkö aika joskus, jolloin totesin kaverilleni, että jos tää meininki jatkuu, niin tämä päättyy oikeasti siihen, että joku kuolee. Mulla on kyllä pitkä lista päässäni ihmisistä, jotka joutaisivat monttuun mun puolesta, mutta koetan kovasti unohtaa kaiken sellaisen, jolla ihmiset ovat päässeet listalleni ja elää rauhallista elämää tästä lähtien. Vältellä sellaisia ihmisiä, joiden kanssa joutuu vaan ongelmiin ja erilaisiin tilanteisiin jne. Väkivaltaiset elämät päättyy väkivaltaisesti.

Vaikka hallitsenkin itseäni paljon paremmin nykyään ja en käytä esim. päihteitä enää, ei välttämättä kannata kokeilla tahallaan mun rajaani, sillä tiedän, että on se raja jossain mutta paljon korkeammalla nykyään. Saa oikeasti nähdä vähän jo vaivaa, että saa mut suuttumaan. Ja kun saat mut suuttumaan, niin saat mut muuttumaan...

Marika

Täällä kuntoutuksessa on yks Marika, se keskustelee ääniharhojen kanssa, kun se luulee, ettei kukaan muu kuule. Esimerkiksi unohdin vuorollani laittaa saunan päälle ja menin myöhässä sitä laittamaan päälle. Kuulin että Marika oli suihkutilassa ja keskusteli siellä jonkun kanssa. Mä ajattelin, että se on menossa jonkun muun kanssa saunaan. Se puhu kaikkee "eiku kaheksalta menen nukkumaan", nää perinteiset mitä se puhuu kaikkien kanssa ja kertoo monen aikaan, se on herännyt jne. joka päivä. Mä sitten huusin että "Marika! Voinks mä tulla laittaa saunan päälle, ku unohtu aikaisemmin". Se sitten laittoi pyyhkeen päälle ja kun laitoin saunatiloihin matot ja muut paikat kuntoon, se naureskellen hymähteli vaan. Mitähän se oikein kuulee, kun sitä naurattaa usein. Yksin se oli suihkussa mutta kovat keskustelut olivat. Mikäs siinä, hyvä että on kavereita. Kaverin kanssa katseltiin yks aamu miten se käveli pihalla kauempana ja taas se keskusteli jonkun kanssa. Kaveri sanoi vaan että "Jos mä tekisin saman lailla täällä mut pistettäis hoitoon saman tien". Niin varmaan laitettaisiin. Mutta se on vaan Marika...

Sieniä... Nyt!!!

Olin käymässä frendillä, siellä oli jonkun verran porukkaa. Aloin juttelemaan yhden hauskan tyypin kanssa, sellainen tosi tatskattu homo erikoisukko. Illan edetessä mä istuin sellasessa lepolassessa eli semmosessa tv-tuolissa. Mä menin jotenkin aivan omiin ajatuksiin ja vissiin tuijotin vaan tyhjää taas ties, kuinka kauan. Taisin olla masentunut silloin. Sitten se kaveri tuli mun naaman eteen ja mä havahduin takaisin tähän maailmaan ja se katto mua silmiin ja sanoi "Sami, sä tarviit sieniä... nyt". Mä olin vaan että "okei". Sitten me alettiin keittää vettä, johon me laitettiin joku kolme grammaa sieniä kaikille. Siitä tulikin tosi terapeuttinen ilta. Kaikki keskusteli fiksusti ja syvällisiä keskenään.
Loppuyöstä me mentiin hakemaan joku viinapullon jämä, mikä oli jäänyt mun synttäreiltä, mun himasta parin naispuolisen kaverin kanssa.

Enimmäkseen mentiin vaan aamuyökävelylle ja tsiigaamaan mun kämppää mihin ne tokas, että on mun näköinen kiva kämppä. Sitten mä luetutin mun ekan kirjoitusprojektin viimeisen kirjoituksen, joka kertoi mitä mä tunsin mun exän kanssa ollessani. Ne molemmat alko itkee, kun ne luki sen. Tuli kiva mieli siitäkin, että ne ymmärsivät sen tunteen määrän mikä siinä oli mukana tekstissä... Se oli mukava ilta kaikin puolin.

Siivoton juttu

Oltiin mun kämpillä yhen frendin kanssa ja sen silloisen emännän kanssa. Alan porukkaa. Ne sitten oli ollut valveilla jo jotain viidettä päivää ja meno oli aika sekavaa. Kaveri sitten otti kaiken vittuiluna mitä sen naisystävä sanoi ja otti tykin mun keittiöstä mihin se sen aiemmin oli laittanut. Se sitten tuli olkkariin ja kysy siltä muijalta "Mitä vittua sä sanoit??? Sano uudestaan". Mä kun huomasin että se haki sen tykin ni sanoin sille et "laita nyt vittuun se mutka". Noh tilanne sitten raukesi ja lopulta ne lähtivät lepäilemään kotiinsa tai mitä ikinä ne nyt tekivätkään. Myöhemmin kun juttelin sen frendin kanssa se sano vaan että "vittu mikä siivoaminen siinä olis ollu, jos mä oisin ampunu sen ämmän". Jälleen kerran, niinpä niin aivan! Vittu mikä siivoaminen siinä olis tosiaan ollu. Oltais vaan tarvittu rautasaha, jätesäkkejä ja kylpyamme joka mulla oli siinä kämpässä. Vittu valot päälle!!! Ei ketään ammuta ja paloitella mun kämpässä!!! Mutta siihenhän se olis menny, jos se olis latassu menee.... huhhuh.

Sisäinen Buddha

Olin joskus naapurikaupungissa silloisten ystävieni kanssa. Istuin siinä rauhallisena puutarhajakkaralla tupakka kädessä, jolloin ystäväni teki observaationsa minusta. Se sanoi yhtäkkiä että "Sä oot Sami näköjään löytäny sisäisen Buddhasi". Se oli vissiin hetken seurannu mua. Mä vastasin siihen että "Aijaa, siltäkö tää sulle näyttää?" jolloin sen ilme muuttui joksikin mitä en osaa selittää. Taidettiin mennä niinkin nopeasti mukavuusalueen ulkopuolelle. No jokainen tekee omat observaationsa ja päätelmänsä. Sille se ilmeisesti näytti taivaalta, kun mulle se tuntu helvetiltä. Miettikää sitä hetki, miltä musta mahtoi tuntua silloin…

<u>Skitso</u>

Kaverini oli kylässä ja kertoi jostain skitsofreenikkoraudannostajasta. Se oli ollut käymässä tällä tyypillä ja se kaveri oli ollut vähän vainoissa. Se kirjoitti lapulle jonkun hyvin epäselvän viestin ja näytti sen kaverilleni ja kysyi "Tajusitsä?". Kaverini vaan sanoi että ”Joo" vaikka ei oikeasti tajunnut sanaakaan siitä lapusta. Sitten se jätkä oli laittanut sen lapun suuhunsa ja syönyt sen! Tällä kaverilla oli ilmeisesti ongelma amfetamiinin kanssa eikä ollut nukkunut aikoihin. Sitä pelotti mennä nukkumaan. Kaverini sanoi että ”Menisit vaan nukkumaan niin sitten on parempi olo”. Se tyyppi vastasi siihen ”Meneeks se niin päin???”. Sitten se oli kysynyt että ”Onko tuolla ulkona jotain porukkaa?" "Ei siellä ketään ole" "Mä meen kattoo". Sitten se jätkä meni keittiöveitsi kädessä pihalle, katsomaan onko siellä jotain porukkaa. Kaveri kysyi sitten multa, että onko mulle koskaan käynyt niin, että menee veitsi kädessä ulos, katsomaan onko siellä jotain porukkaa? Nauroin hetken ja sitten tajusin, että vittu, on käynyt mullekkin. Ihan samalla lailla...

Song

Song... Song oli hänen nimensä. Olin Thaimaassa 2011 "tyttöystäväni" kanssa. Se sai jonkun päähänpiston, että se menee Thaimaahan ja vetää lääkeöverit auringonlaskussa rannalla, joten mä lähin mukaan tuomaan sen hengissä takaisin. Kuitenkin tämän tekstin pointti ei ole exäni vaan nainen nimeltään Song, jos kirjoitan sen oikein. Tyttöystäväni käyttäytyi hyvin hankalasti ja puhui matkallakin vielä itsarista. Oltiin sillä hetkellä Pattayalla hotellissa ja se kiukutteli vieläkin ja kaikki oli taas minun syytäni. Mulla paloi niin käpy siihen muijaan ja sain tarpeekseni. Menin hotellihuoneen kassakaapille ja otin pari tuhatta bahtia rahaa ja lähdin Pattayan keskustaan ryyppäämään ilman kännykkäliittymää, joten tyttöystäväni ei tulisi saamaan minua puhelimitse kiinni. Tarkoitus oli vetää vaan kaljaa, kunnes korvistani loppuisi savun tulo.

Löysin sellaisen avobaarin ja tilasin Tiger-oluen. Tiger-olut on muuten ihan parasta kaljaa helteessä, oltiin vielä vuoden kuumimpaan aikaan siellä. Istuin pitkän aikaa siinä avo"baarissa". Katselin ympärilleni ja näin paljon tolppia ja ihmettelin että mihin tarkoitukseen ne oikein ovat? Sitten mä tajusin, että ne ovat vissiin strippitankoja. En mä tiiä mikä baari se oikein oli, mietin vaan että niin joo täähän on Pattaya... Haha. Istuin pitkän tovin siinä baarijakkaralla ja tilasin Tigeria Tigerin perään. Sitten siihen tuli thaimaalaisia gimmoja samalle baaritiskille. Toinen niistä oli aika räväkkä tapaus ulkonäöltään ja hänen mukanaan oli vähän rauhallisemman ja kiltimmän näköinen gimma, mitä mä sivusta seurasin samalla kun join kaljaa. Meni hetki ja mun ja sen kiltimmän

olosen silmät kohtaili vähän väliä. Sitten se sen kaveri tuli luokseni ja sanoi englanniksi mulle, että se sen kaveri tykkää minusta. Sanoin vaan et "Is that so? Okay...".
Join vielä yhden kaljan ja päätin sitten mennä hänen luokseen toiselle puolelle baaritiskiä. Kysyin että en kai häiritse pahasti ja esittäydyin hänelle. Hän sanoi olevansa Song ja pyysi istumaan hänen viereensä. Alettiin juttelemaan ja tultiin hyvin juttuun. Otettiin yhteiskuva jossain vaiheessa ja mä rupesin tajuamaan, että näähän on jonkinlaisia seuralaisia. Song oli erittäin kaunis. Sillä oli aika länsimaiset kasvot thaimaalaiseksi. Kuitenkin tultiin todella hyvin juttuun ja sitten se yhtäkkiä kysyi, että ei kai mulla ole klamydiaa. No ei ole, vastasin. Siinä vaiheessa tyttöystäväni hotellillamme unohtui täysin ja menin vaan aaltojen mukana. Join Tigeria todella tiuhaan tahtiin, johon tämä seurue sanoi hätääntyneenä, että: "Ei ei ei, juo hitaammin!"
Tatskoista ne tykkäsivät paljon ja opin että skorpioni on meipong thaimaaksi. Ilta alkoi hämärtää ja Pattayan yöelämä alkoi. Song vei minut kaupungin kuumaan vilskeeseen eli Walking

streetille. Katu, joka oli täynnä kuppiloita ja klubeja. Mentiin yhteen klubiin sisään ja Song vei meidät jonojen ohi ja juomat tuli välittömästi ruuhkasta välittämättä. Song siis tunsi hyvin pitäjät ja työntekijät. Sitten me vaan juotiin paukkuja ja nuoleskeltiin kuin siellä ei olisi ollut ketään muuta paikalla. Se oli kuumaa menoa!

Sitten myöhemmin yön tullessa Song ehdotti, että seuraan häntä johonkin yöpaikkaan, johon kuljettiin ihme reittiä mutta en ollut huolestunut sillä luotin kyllä Songiin. Kuinka helppoa olisi ryöstää yksi yksinäinen suomalainen mies kännissä ulkomailla? Kuitenkin päästiin sinne hotellille, joka oli sellainen halvempi yhden yön mesta. Huoneessa ei ollut ilmastointia mutta kattotuuletin löytyi sentään, muistutan, kuinka kuuma siellä oikeasti oli siihen aikaan vuodesta!

Me sitten harrastettiin kiihkeätä seksiä "long time" ja aktin aikana Song hoki nimeäni väärin monta kertaa. "Ooh Sam, ooh Sam!". Mä taisin vähän rakastua siihen muiduun. Aamulla heräsin hotellihuoneesta ja huomasin että kello oli jotain 20 vailla 12 päivällä. Meidän piti luovuttaa hotellihuone puoliltapäivin omalla hotellilla ja jatkaa matkaa pois Pattayalta. Kävin suihkussa ja sitten kysyin kiireessä, että mitä mä olen velkaa? Song sanoi, että jos haluat niin ihan mitä itse haluat. Olin jostain saanut sellaisen käsityksen, että hookkeri maksaa Thaimaassa viitisentoista euroa, eli noin 750 bahtia. Song oli aika yllättyneen näköinen siitä määrästä, kun kaivoin rahat esiin. Se vissiin odotti vähempää, kun sanoi että heitä mitä haluat. Sitten mä sanoin sille, että mun pitää olla omalla hotellilla klo 12 joten pidettiin kiirettä ja sitten hypättiin sellasen tuktukin kyytiin. Sellanen lava-auto, joka oli muunnettu ihmisten kuljettamiseen kylillä.

Siinä kyydissä Song kysyi, että tunnistanko paikkoja missä mennään, jotta löydän hotellini ja että näemmekö vielä uudestaan heti samana päivänä. Mulla oli niin hirveä kiire hotellille, että en kerennyt antamaan edes sähköpostiani, jotta oltaisiin voitu olla yhteydessä. Sen näki niin selkeesti että sekin tykkäs musta tosi paljon. Kun auto pysähtyi ja tunnistin ympäristön mä suutelin vielä kerran Songia, hyvästelin ja hyppäsin pois kyydistä. Mä olisin voinut vaikka tuoda Songin mukanani Suomeen, mä kieltämättä vähän rakastuin. Sitten pääsin takaisin hotellilleni, jossa tyttöystäväni oli ollut todella huolissaan, että mihin mä oikein hävisin edellisiltana. Poistin Songin kuvan kännykästä ja sanoin että vedin perseet ja sammuin meren rannalle biitsille. Mä jätin tyttöystäväni viikko sen reissun jälkeen. Song. Voi kun olisin kerennyt ja tajunnut antaa sähköpostini. Nyt mä en enää ikinä löytäisi sitä uudelleen, vaikka kuinka etsisin. Jäi vain hyvä muisto yhdestä yhteisestä vuorokaudesta. Jollain tapaa ikävöin vieläkin häntä...

Spiidiä

Kerran sain käsiini kympin tosi ärtsyy tsygyy. Sain sen hyvään hintaan vielä. Testasin nollakolmosen ja johan herätti! Olin kuitenkin aika kova käyttäjä silloin pitkän aikaa, joten tolet oli kohdallaan.

Himaan kun pääsin, mietin että mitä mä sen kanssa oikein teen. Siis että millä suhteella jatkan sitä, jotta se olisi vielä superia. Laitoin 50 prossaa päälle eli vitosen jatketta kymppiin ja tesmautin kaverilla, joka oli aika veturi. Se tesmas sitten jonku nollakolmosen ja sanoi että "jos mä oisin sä mä en jatkais enempää, nyt se on hyvä". En sitten laittanut siihen lisää ja seuraavana päivänä lähdin yhdellä tutulla käymään. Pyysin grammasta neljääkymppiä ja sanoin että on todellakin sen arvosta. Tää pariskunta otti sitten ykkösen ja laittoi samaan kuppiin kaikki. Mä ihmettelin, että et kai sä vedä koko gemmiä kerralla! Eiku se vaan väsäs sen samassa klikissä kahdelle, eli nollavitosen annokset.

Mua jo valmiiksi vähän hymyilytti, kun tiesin että vähempikin riittäisi. Varoitin vielä, että se on sitten aika ärtsyä, johon tämä naispuolinen tuttuni sanoi vaan että kyllä sillä on toleranssit kohdallaan. Vähän niin ku tarkoitti, että pidä turpas kiinni ei tässä ekaa kertaa piriä vedetä. Ensin se muidu otti. Katoin kun se työnsi neulan taipeeseen ja alkoi painamaan mäntää. Se pääsi puoleen väliin ja alkoi puuskuttaa tosi kovaa ja sanoi "Voi jumalauta!". Taisi hiukkasen pärähtää. Sitten se painoi varovasti loppuun asti männän.

Oli jotenkin siistin näköstä seurata vierestä, miten se toimii ja olihan se tosi kamoissa sitten. Alkoi suu käymään... Sitten mä lähdin siitä jatkamaan

matkaani frendille, jolle ei kelvannut sama tavara, kun neljäkymppiä oli kuulemma liikaa. Mikään piri ei kuulemma maksa enempää kuin kolmekymppiä. Se on kunnon jatkajan puhetta mun mielestä. Kyllä superi maksaa vähän enemmän.
Mieluummin maksaa vähän enemmän oikeesti hyvästä kuin kolmekymppiä ihan surkeesta. Sellanen kolmenkympin kama yheltä kaverilta oli niin surkeaa, että sais vetää kokonaisen gramman kerralla eikä ole siltikään lähelläkään hyvää laatua. Dollarin kuvat silmissä väännetään himassa yöllä ja mietitään kuinka vitusti tekee voittoa. Itsellä tietenkin oma pussi, joka on stydimpää ja josta tarjotaan muille ja myydään laimeammasta pussista ja sanotaan että toleranssit kasvavat nopeasti, jos joku alkaa naputtaa.
Ihan vitun perseestä tollanen meininki. Yksi pussi ja sillä sipuli! Hyvän pirin määritelmä on, se, että nollakakkonen hyvä veto, nollakolmonen tekee rikollisen mielen, nollanelonen vie sairaalaan ja nollavitonen ruumishuoneelle. Ei vaan, yks kaveri sanoi kerran mulle, kun vedin vetosia varovaisesti mäntää painaen että "Mitä sä oikeen pelkäät??? Tajuutsä, ei piriin

voi kuolla! Paina vaan loppuun!" Se on kyl aika totta, korkeintaan taju lähtee, jos vetää öyskät, niin tai ellei sydän petä... "Speed kills just a heart attack!!!"

<u>Taivas tai Helvetti</u>

Siitä 2015 psykoosista toipuminen oli todella raskas ja vaikea, ja siitä toipuminen taitaa olla vieläkin vaiheessa näin monta vuotta myöhemmin. Se oli niin raskas, että vedinkin kerran pillerit napaan viinan kanssa. Yli 100 Rivatrilia ja 50 Levozinia, lisäksi verestä löytyi vielä fentanyyliä. Mä muutuin niin paljon pääni sisällä, että en halunnut elää itseni kanssa enää. En enää tuntenut itseäni enkä hallinnut itseäni.

Kun mä yritin lähinnä selvittää itselleni mitä mulle oli tapahtunut selittäessäni muhun tapahtunutta muutosta kaverilleni se kuunteli hetken aikaa ja antoi sitten vastauksen mitä mä en osannut pistää itse sanoiksi. Se sanoi että "jotain kuoli sisältä". Mä hämmästyin ja totesin että niin just, jotain kuoli sisältä. Se lisäsi siihen perään vielä että "sen kanssa oppii elämään". Mä en osaa vieläkään sanoa mitä tasan tarkkaan kuoli. Kun tästä aiheesta puhuu, pitää olla hyvin tarkka kenelle puhuu, koska monet ei osaa käsitellä tällästä asiaa, olen huomannut. Kokonaisia tunteita. Rakkaus, Viha, Toivo, Pelko. Sitä ei vaan tuntenut sydäntä rinnassaan enää. Kaikki tunneilmaisut, hymyt, naurut ja muut piti opetella kokonaan uusiksi, ettei näyttäisi aivan friikiltä tuolla muiden joukossa.

Muistan että oli todella friikki olo, ja on vieläkin jollain asteella, vaikka on sitä opetellut elämään tämän muutoksen kanssa jo suht hyvin. Pitäisi kuvata pää uudestaan niin näkisi onko siellä tapahtunut mitä muutoksia. Välillä se lyö maahan, kun miettii tätä koko hommaa. Silloin se sattui todella paljon, kun vielä muisti mitä oli menettänyt päästään, sielustaan. Mutta ajan kuluessa sitä vaan unohtaa miltä joskus kaikki tuntui eikä se tee enää pahaa. Siis että kun oli tyhjää mutta muistit vielä ne kaikki tunteet olivat vielä jotain mitä itkeä. Sitten jää vaan tyhjyys, eikä enää satu ollenkaan.

Oonko mäkin tunnevammanen. Huumeiden suuresta käytöstä johtuva kemiallinen lobotomia vai kaikkien paskojen kokemusten aiheuttama tunnevamma, vai jotain muuta tai molemmat. En tiiä, mutta jotain peruuttamatonta tapahtui. Jotain mitä ei voi korjata enää. Ja joka muuttaa sun jokapäiväisen elämän joko taivaaksi tai helvetiksi. Miten sen nyt jokainen kokee sitten...

<u>"You took too much, too much!!"</u>

On perjantai. Kesäaikaa. On ystäväni ja hänen puolisonsa synttärit. Saavuin kämpille ja pikkuhiljaa muitakin saapui. Jotain rastapäitä jne. Kaikki kerääntyi keittiön puolelle, joten minäkin menin katsomaan, että mitäs mitäs. Siinä ystäväni seisoi muiden keskellä paistinlasta kädessään ja heittäen sekavaa läppää. Paistinlastalla oli paistinlastan levyinen ruskea kidemäinen pökäleeltä näyttävä kasa jotain.

Mä muistan kysyneeni että "Mitäs täällä tapahtuu? Onks tääl jotain huumeita??".

Ystäväni käänsi päänsä minua kohden ja sanoi sekavasti mitä siinä on mutta en saanut selvää jotenkin tai se ei vaan sanonut mitään minulle. Mä kysyin "Saanks mäkin?" ystäväni sanoi, että ota vaan. Minä sitten kysyin, että paljon tosta voi ottaa? Se vastas, että vedä vaikka kaikki, sitten se käänsi päänsä pois ja heitti läppää vieraille. Mä hetkeäkään epäröimättä haukkasin koko paistinlastan suuhuni ja otin koko paskan suuhuni ja huuhtelin alas Koffin kanssa. Seuraavaksi mä muistan menneeni sohvalle makoileen ja sitten ystäväni tuli istumaan viereeni ja työnsi kaksi essoa suuhuni.

Siinä meni vissiin sitten hetki, kun oli aika siirtyä keskustaan vuokrattuihin saunallisiin juhlatiloihin. Siis kaikki mitä seuraavaksi kirjoitan, on vain pätkiä siitä mitä muistan. Siellä juhlapöydän ääressä mä yritin sormillani ottaa kiinni jotain juttuja ilmasta ja pöytäliinat menivät miehen mukana, kun penkiltä kaatui maahan. Puhuin sekavia ja käyttäydyin ihan vitun sekavasti, joka oli erittäin viihdyttävää kuulemma yhdelle toiselle ystävälleni. Katkokävelyllä saunaan jne.

Seuraavaksi olen jonkun huoltoaseman pihalla ja puhelimesta korvallani kuuluu "Eiku vittu R A U T A T I E A S E M A L L E!!! Tajuutsä??". Sitten mä muistan kävelleeni sitä rautatien mäkeä ylös järjetön takakeno päällä ja kuulen sanat "Ei vittu kyl se selvis tänne!". Rautatieaseman pihalla puhuin kuulemma ilmaan eli jollekin hallusinaatiolle että "Vittu ku olis kakskakkonen ni ampusin polvet paskaks". Ystäväni sanoi, että älä nyt ammu ketään ja ohjasi minua jonkun random kuskin etupenkille työntäen selästä eteenpäin. Musta tuntu ku mua olisi pakotettu johonkin ni mä pistin selällä vastaan kunnon takakenossa. Noh mä sitten olin yrittänyt mennä avaimilla väärään rappuun ja mutissut jotain vielä siitä kakskakkosesta...

Seuraavaksi mä muistan että juhlakaluystäväni huusi apua eteisestä. Hän oli lattialla mahallaan huulet vähän sinisenä. Mä menin mahalleni kohdakkain ystävääni ja kysyin että "Mikä hätänä?". Se sano että "Sami auta... pelottaa..." itkuisaan sävyyn. Mä otin sitä kädestä kiinni molemmilla käsilläni ja katoin sitä silmiin ja sitten mä sanoin että "Mä oon tässä" ja hyssyttelin rauhoittaakseni häntä. Hän

oli vetänyt lääkeöverit, eli jotain itsarin tynkästä oli meneillään siinä eteisen lattialla. Mä en tuntenu minkäänlaista pelkoa, ahdistusta enkä minkäänlaista huolta, vaan mä tiesin vaan että mun täytyy auttaa sitä rauhoittumaan peloistaan ja sitten siirtymään "seuraavaan paikkaan". Se oli hyvin hengellinen kokemus, ainakin mulle. Sitten mä muistan, että katsoin kun ambulanssiporukka teki sille testinsä eli mittas pulssin ja verenpaineet jne. ja lopuksi ystäväni naureskeli sohvalla ruinaten morfiinia ammattiauttajilta.
Sitten pelkkää mustaa. Mä muistan, että mä heräsin vissiin maanantaina siitä sohvalta boxerit ja t-paita päällä ihan vitun junttarissa ja menin parvekkeelle, jossa näitä rehutukkia suorastaan kuhisi. Käärin siinä sätkän ja laitoin tupakaksi. Sitten muutama näistä rastapäistä tuli luokseni ja otti molemmin käsin kiinni mun kädestä ja katsoi mua hyvin oudosti ja sanoi tyyliin että ”Vittu kova löyly. Respektiä. Uskomatonta".
Mut siinä se reissu sitten olikin ja joskus kuukauden pari päästä tuli puhelu ystävältäni, että miten menee? "No jos rehellisiä ollaan ni aika vitun outo olo ollut pari kuukautta". Kaveri

siihen tokaisi että "No JOS jatkuu vielä hirveen kauan ni kannattaa mennä lääkäriin". Huumorimiehiä kun hän oli... Mulla oli se olo joku lähemmäs puoli vuotta. Kun oon kertonut tätä tarinaa, vasta äskettäin yksi tyyppi kysyi että "no meniksä sinne lekuriin?" Oli outoa, että joku edes kysyi tollasen kysymyksen, en TIETENKÄÄN mennyt. Mitä vittua mä edes olisin siellä sanonut. Mutta kyse oli siis yskänlääke Resilar-pullosta eritellystä DXM-aineesta joka varmastikin oli muuttanut kemiallista rakennettaan ties miksi sen erotteluprosessin aikana, johon liittyi BENSIINI ja LIPEÄ jne. Eli se oli varmaan jotain Boosted mutant DXM DEETÄ tai jotain.

Myöhemmin me ystäväni kanssa mietittiin asiaa ja hetken tuumailtuaan hän totesi että siinä pökäleen näköisessä kidekasassa oli joku kolmen ja puolen ihmisen maksimiannos DXM:ää, vai oliko se KUOLETTAVA annos. Kuitenkin näin siinä kävi ja voin sanoa, että en kyllä suosittele samaa määrää moista kenellekään, se ei varmaankaan ole terveellistä... Vanhan naapurini mukaan mun olisi pitänyt kuolla siihen määrään sitä paskaa varsinkin sen essobonuksen takia. Se puhu serotoniinisyndroomasta. Ja naapurini tiesi tästä DXM:stä vakuuttavan paljon, olihan hän itse käyttänyt sitä PIKKUSEN pienemmissä annoksissa noin viisi vuotta joka viikonloppu. Erikoismies. Hän on yksilö...

Hessu

Mun naapurissa asu joskus yks Hessu. Se oli aika älykäs jätkä. Siitä sanottiinkin että se on kaupunginosan älykkäin mies, ei kyllä viisain. Se osas töksäyttää kaikkee tyhmää juovuspäissään ihmisille. Esimerkiksi huutaa kadulla kaverin muijalle "Hyvä perse!!!" josta kaveri otti pikku kilarit jne. Kuitenkin se oli hauska jätkä ja tultiin hyvin toimeen. Juotiin usein vähän kaljaa ja pelailtiin tai katseltiin sarjoja ja elokuvia. Siitä tuli hyvä frendi mulle.
Sillä oli kämpässä neljä pöytätietokonetta pelailua varten ja sillä olikin tosi paljon kavereita. Varsinkin kesäisin kaikki kokoontui aina sen kämpille ottamaan bisseä ja pelailee jotain nettipelejä. Hessun lempinimi oli kiljukeisari, koska se teki kiljua välillä.

Mäkin pääsin sen kiljun makuun pariin otteeseen. Se sai sen lempinimen joskus jossain laittomissa punkkaribileissä, kun sillä oli koko saavi mukana. "Kuka on kaikkien janoisten sankari???!!!" se huusi siellä punkkaribileissä, no kiljukeisari tietenkin. Kuitenkin se heitti aika hauskoja kommentteja välillä, esimerkiksi kun oli se häsmäkkä sen kämpillä missä mä tiputin sen yhen jätkän ja meinasin kuristaa kuoliaaksi sen muijan niin kuin kerroin siinä yhdessä tarinassa. Hessu sanoi pari päivää myöhemmin mulle ja yläkerran naapurille että "Te ootte tollasia raggareita, te ootte tottunu väkivaltaan... MINÄ EN... YMMÄRRÄTKÖ???" Ihan hulvaton jätkä. Sitten sillon, ku Veera muutti mun kämpille ja se sai vähän naisen kosketusta se kämppä, lopetettiin sisällä polttaminen ja laitettiin kaikkee romua seinille ja muutenkin kämpästä tuli tosi kotoisa, Hessu tuli käymään ja poltettiinkohan me vähän höpöhöpöheinää, niin Hessu sanoi vähän liikuttuneena että "Täällä on niin kiva olla, täällä on niin pehmeää ja lämmintä, kun mun kotona on niin kylmää ja kovaa". Se oli kyl aika hyvin sanottu sillä ei Hessun kämpässä ollut kuin neljä tietokonetta, ei mattoja, tyhjät valkoiset seinät jne.

Kun Hessu oli kerran kaatuillut kotiinsa baarista ja sillä oli asfaltti-ihottumaa naamassa ja käsissä mä aloin sanoa sitä Asfalttisoturiksi, ja kun mulla oli sellanen A4:sen kokoinen taulu Mad Maxista, mä annoin sen taulun Hessulle, mistä se oli tosi otettu sillä se fanitti Mad Maxia. Sai jotain seinälle laitettavaa. Hessu näytti vähän Jeesukselta koska sillä oli pitkä tukka ja se oli saanut kaksi muiduu paksuksi ekalla yrittämällä eikä sen toisen pitänyt olla mahdollista tulla raskaaksi...

Sillon ku oli se häsmäkkä meidän pihalla missä pamput heiluivat ja mikä pääsi Iltalehden sivuillekin niin olin just ennen sitä Hessun kämpillä ja se seurasi sen tilanteen ikkunastaan. Aitiopaikka koko show:lle. Se sanoi seuraavana päivänä mulle, kun pääsin tutkintavankeudesta, että mä olin ku punainen Hulk. Kuitenkin Hessu oli aikamoinen persoona ja hyvä frendi mulle, ehkä vähän ikävä niitä aikoja. Se piti mulle usein seuraa pitkän aikaa ja jotenkin meillä synkkas tosi hyvin. Hyvä jätkä...

Yllätys

Ekassa suhteessani olin siinä vaiheessa, että oli ihan hilkulla, etten kysynyt sitä kihloihin. Itse olin töissä rautavarastossa, jossa olin hyvä ja arvostettukin työntekijä ahkeruuteni ansiosta. Emäntäni oli ravintolatyöntekijä eli oikeastaan mä olin arkipäivät töissä ja se oli viikonloput. Yleensä mä dokasin koko viikonlopun frendien kanssa, kun emäntä oli töissä. Mutta yhtenä viikonloppuna mä halusin yllättää emäntäni tulemalla kotiin hyvän ruoan ääreen. Kävin ostamassa lohimedaljonkeja ja muuta hyvää, kylkiäisiksi salaattia ja viiniä. Valmistelin ruuat valmiiksi ja odotin että emäntä tulee iltavuorostaan kotiin. Kyttäilin ikkunasta verhojen välistä, että koska se oikein tulee, ja kun auto kaarsi pihaan laitoin Elviksen hitaat soimaan mankasta ja kynttilät palamaan. Olihan se aika yllättynyt kotiin tullessaan, kun tämä setti odotti häntä. Tuli itellekin kiva olo, kun toinen on töissä ollut koko päivän ja illan ja kotona odottaa ruoka jne.

Olisi pitänyt viedä kihloihin se naikkonen. Oltiinhan me nelisen vuotta yhdessä mutta se oli pakko saada poikki omien sekoilujen tähden. Rakastin sitä niin paljon, että halusin että se pääsee irti musta ja mun sekoiluista mun kriisin aikana. Sitten sen olisi parempi olla. Ehkä vaikein päätös mitä on joutunut tekemään ikinä. Mutta oli meillä hetkemme, me tultiin hyvin toimeen keskenään ja oltiin samanhenkisiä, eli rokkareita. Sillon ku mulla oli vielä "normaali elämä". En tahdo käyttää sanaa normaali koska kuka määrittelee, mikä on normaali mutta tiedät mitä tarkoitan. Normaali elämä, vakkaritöissä käyvä nuori roku, jolla oli vielä harrastuksia ja elämä enimmäkseen tasaista. Ei huumeita. Ei kallonkutistajia eikä mitään sellaista. Normaalia elämää, mä kaipaan sitä jollain tapaa.

OUTRO

Mitä sitä nyt sanoisi tämän
purkautumisen päätteeksi. Varmaan
jotain, että sattuuhan sitä
kaikennäköistä ja tilanteita tulee mitä
erikoisempiakin välillä eikä kaikkea
voi edes paperille laittaa saatikka
suusta päästää. Mutta kaikesta on
jotenkin kuitenkin selvitty...

"Iso kiitos kaikille jotka tekivät tästä
kirjasta mahdollisen. Minä kiitän ja
kumarran"